LE LIVRE
DONT VOUS ÊTES LA VICTIME

L'auteur

Arthur Ténor est né en 1959 en Auvergne. De sa plume trempée
dans ses souvenirs d'enfance, il nous fait voyager
dans des univers magiques, hors du temps et du réel.
Ses récits se colorent d'aventure, de fantastique et d'humour.
Il aime à se définir comme un explorateur de l'imaginaire…
Il a déjà publié de nombreux livres pour la jeunesse,
comme *Le chevalier fantôme*, *Le spectre du Manoir*,
Alerte aux Virulents, *Les cavaliers de Ténèbres*,
la série *Le Félin* ou *Le dernier des Templiers*.

Du même auteur, chez Pocket Jeunesse :

Le roman de l'étrange inconnu
Voyage extraordinaire au royaume des sept tours

Arthur TÉNOR

Le livre
dont vous êtes
la victime

POCKET
jeunesse

*Merci à Nathalie de m'avoir aidé
à sortir vivant de ce roman.*

Loi n° 49-956 du 16 juillet 1949 sur les publications
destinées à la jeunesse : juillet 2004.

© 2004, éditions Pocket Jeunesse, département d'Univers Poche,
pour la présente édition.

ISBN 978-2-266-13455-2

1

Le truc qui fiche la trouille

Dans un couloir du collège Lafayette, à la sortie d'un cours de maths ennuyeux à mourir, Alex surprend une conversation entre deux garçons de sa classe.

— Mais si, je te jure ! C'est dingue, y'a tout ce que tu veux pour cauchemarder, assure Benjamin, un garçon rondouillard et enthousiaste.

— Tu y es allé ? lui demande son camarade tout en lorgnant la fille qui marche devant lui.

— Ben… demain… Oui, j'irai sûrement y faire un tour. En fait, c'est Nico qui m'en a parlé. Y paraît que rien qu'à voir l'intérieur, t'as déjà la trouille, répond le collégien, songeur.

Intrigué, Alex s'approche, son sac à dos sous le bras, et demande :

— Hé, de quoi vous parlez ?

Benjamin et son copain échangent un regard complice, comme s'ils s'entretenaient d'un important secret.

— D'un truc qui fiche la trouille, finit par lâcher le premier.

— Ça pourrait m'intéresser, dit Alex. Qu'est-ce que c'est ?

Benjamin fait mine de vouloir répondre, puis il se reprend :

— Non, vaut mieux pas que tu saches.

Alex sourit. Il sait comment le faire craquer.

— OK, je te paie quelque chose au distributeur.

Une lueur de convoitise s'allume dans les petits yeux bleus de Benjamin dont la réputation tient en une formule : « aussi goinfre que pingre ».

— Ce que je veux ? demande-t-il.

— Ouais, mais t'as intérêt à ce que ça vaille le coup, sinon…

— Sinon ?

Alex réfléchit deux secondes.

— Je t'arrache les oreilles et je te les fais manger !

Benjamin grimace, mais lance :

— Allons-y !

Il accélère le pas pour arriver plus vite au foyer des élèves où se trouve le distributeur de friandises. Alex en profite pour interroger l'autre garçon :

— C'est quoi, son truc qui fiche la trouille ?

— Cherche pas, répond simplement l'adolescent avant de s'éloigner.

Alex rejoint Benjamin devant la vitrine des sucreries. Celui-ci adresse un bref sourire à son généreux donateur.

— C'est bon, j'ai choisi, annonce-t-il, les lèvres humides de gourmandise.

— Vas-y, je t'écoute. C'est quoi, ce truc qui fiche la trouille ? l'interroge Alex en sortant de sa poche une pièce de deux euros.

— Ben, en fait c'est... Non, les Chamallows d'abord !

L'embarras de Benjamin sonne comme un aveu : ce qu'il a à révéler ne vaut sans doute pas un paquet de bonbons. Pour accélérer les choses, Alex introduit sa pièce dans le distributeur. Le sachet convoité tombe. Il le tend d'un geste brusque à Benjamin en disant :

— Bon, maintenant accouche. On ne va pas y passer la journée !

— Tu connais l'impasse des Martyres, derrière la poste ? commence Benjamin, tout heureux de sa récompense. Y'avait une boutique d'antiquités…

— Ça fait au moins deux ans qu'elle est fermée, l'interrompt Alex dont le regard s'assombrit.

Il regrette déjà ses deux euros.

— Oui, eh bien, mm, mm… elle ne l'est plus. Maintenant… à la plache, y'a… mm, le truc qui fiche la trouille, bafouille Benjamin, la bouche pleine de Chamallows.

Alex lève deux mains menaçantes vers le cou du rusé glouton.

— Continue.

— Maintenant, à la place de la brocante, y'a… mm, une librairie.

Benjamin cesse de mâcher pour observer son camarade. Tout à coup, celui-ci le saisit au col et le secoue en grognant. Une adolescente pimpante entre à cet instant dans la petite salle du foyer.

— Salut, les garçons ! Oh, c'est la saison des amours ?

— Avec un grand A, comme dans assassinat, répond Alex tout en continuant de secouer son camarade qui lance tout en mâchonnant :

— Chalut, Camille !

La jeune fille lui répond d'un sourire, puis se rend au distributeur de boissons.

— À quoi vous jouez ? demande-t-elle en faisant son choix.

— À rien, répond Alex en libérant sa victime. Je me suis encore fait avoir. Benjamin a entendu parler d'un truc qui ficherait une trouille bleue, et tu sais ce que c'est ?

— Une librairie, répond Camille en fouillant dans son porte-monnaie.

— Ah, t'es au courant ?

— Oui. La sœur de Nico m'en a parlé. Il paraît que c'est une véritable caverne de l'épouvante.

— C'est une librairie spécialisée dans les livres fantastiques qui parlent du diable et des sorcières, enchaîne Benjamin. Nico y est resté à peine cinq minutes ; il a cauchemardé toute la nuit.

— Ah ? relève Alex. Pourquoi ?

— Il paraît que l'ambiance est vraiment sinistre, répond Benjamin. C'est tout ce que je peux te dire.

Alex réfléchit quelques instants, puis déclare :

— J'aimerais bien aller y faire un tour après les cours…

— Au fait, Benjamin, demande brusquement Camille, tu pourrais me prêter un euro ? Je suis en manque.

Le garçon ouvre de grands yeux, comme si elle venait de lui annoncer la grève des confiseurs.

— Heu… Non, non…

— Allez, sois sympa, insiste-t-elle en tendant une main suppliante.

Elle échange un regard espiègle avec Alex qui se retient de pouffer.

— Tu sais, il est possible qu'un jour je te les rende, reprend Camille.

Benjamin agite la tête, peut-être pour signifier que « Oui, oui, il va lui prêter cet euro… bientôt… un jour… », puis il remercie précipitamment pour les Chamallows et s'éclipse en un éclair. Alex soupire, puis se tourne vers sa camarade :

— T'es vraiment cruelle. Tu veux qu'il fasse un arrêt cardiaque ?

Camille fait son mea culpa, puis déclare sur un ton badin :

— J'irais bien avec toi, dans cette librairie, si tu es d'accord.

Alex acquiesce avec un large sourire, et son cœur se met à battre un peu plus vite.

Rendez-vous est pris. Alex retourne dans la cour, qu'il explore du regard à la recherche de Nico. Celui-ci est en train de discuter avec un groupe de collégiens.

— Eh, Nico ! l'interpelle-t-il en courant vers lui. Je peux te demander un truc ?

— Vas-y.

— Il paraît que tu es allé faire un tour dans une drôle de librairie…

— Les nouvelles vont vite, le coupe Nico en redevenant sérieux. Et alors ?

— C'est comment ?

— C'est sombre, ça pue, ça caille, mais…

Alex soutient son regard qui a pris une expression rieuse.

— Mais ?

— Il y a des bouquins « saignants », d'après ce que m'a raconté le libraire. Enfin, je verrai ça en lisant celui que j'ai pris.

— Tu en as acheté un ? s'étonne Alex.

Il sait que son camarade de classe passe quatre-vingt-dix-neuf pour cent de ses loisirs à pratiquer les jeux de « baston » sur sa X-Box et le reste à bouquiner des bandes dessinées. Nico le dévisage quelques secondes, apparemment offensé qu'on le prenne pour un inculte, puis change d'un coup d'attitude pour murmurer avec un clin d'œil :

— Je l'ai piqué…

2

Premiers frissons

Camille est très brune, avec des yeux sombres frangés de longs cils recourbés, une peau de satin… bref, terriblement mignonne. Les garçons lui tournent autour comme des papillons de nuit et tombent comme des mouches dès qu'elle leur adresse un de ces regards en coin dont elle a le secret. Cette fille a un tempérament félin, discret et indomptable. Très spontanée, très ouverte aux autres, son sourire franc ferait fondre une statue de marbre. D'ailleurs, elle est loin de laisser Alex indifférent… et inversement. Elle aime chez lui son look de sportif et cette curieuse manière qu'il a de scruter ses interlocuteurs.

Dans le bus qui les mène vers la Vieille Ville en cette fin d'après-midi, Alex confie alors à Camille son goût pour l'action et l'aventure.

— Et c'est pour ça que tu t'intéresses à cette librairie, déduit la jeune fille.

— Non, c'est juste par curiosité. Et puis ça m'intrigue que Nico y soit allé. Tout à l'heure, j'en ai un peu causé avec lui…

— Et alors ?

— « C'est sombre, ça pue, ça caille », voilà tout ce qu'il en a retenu. Mais j'ai senti qu'il ne m'avait pas tout dit… Et, tiens-toi bien, il a volé un livre !

Camille ne cache pas sa propre perplexité. Effectivement, ce garçon est classé au collège dans la catégorie « dur à cuir ». Pas le genre à fréquenter les librairies…

Le bus s'immobilise à l'arrêt Poste centrale.

L'impasse des Martyres est certainement l'une des plus étroites et sinistres ruelles de la Vieille Ville. En s'y engageant, on ne peut s'empêcher d'éprouver un sentiment bizarre, une vague inquiétude. À peu de distance du mur décrépi du fond, suspendue à la façade d'une maison à colombages, une enseigne en fer forgé, représentant un diable hilare qui tient un livre ouvert, signale la fameuse librairie.

— Il faut vraiment avoir l'esprit tordu pour ouvrir une boutique dans un endroit pareil, murmure Camille.

Alex garde le silence. À mesure qu'ils approchent, son intérêt grandit avec la pensée diffuse qu'il n'a finalement pas investi dans un paquet de Chamallows pour rien. Au-dessus de la porte, un panneau en fer noir indique en lettres rouges :

LIBRAIRIE DU STYX
SPÉCIALISTE DES PEURS ET DES MYSTÈRES

La vitrine, sans éclairage, est presque vide. Trois ouvrages sont présentés sur des degrés que recouvre un drap de velours pourpre : *L'Enfer* de Dante, une *Anthologie des serial killers* et un livre sur la sorcellerie au Moyen Âge. Le regard de Camille est attiré par une vieille lithographie poussiéreuse qui paraît avoir été oubliée là plutôt qu'exposée à la curiosité des passants ; elle représente deux adolescents, un garçon et une fille, s'intéressant à la vitrine d'un magasin. L'une des silhouettes lui ressemble diablement, quant à l'autre…

— Alex, je n'ai pas trop envie d'entrer là-dedans. On s'en va ?

— Non. Mais si tu veux, je te retrouve au café de la Poste… Dans dix minutes. D'accord ?

Camille fronce les sourcils. Ce n'est pas le genre de réponse auquel elle est habituée. En général, il ne vient même pas aux garçons l'idée de la contrarier.

— D'accord, je viens, finit-elle par lâcher. Après tout, ce n'est qu'une librairie.

Elle s'amuse du sérieux avec lequel Alex examine la devanture, tel un détective menant une enquête.

— Tu te prends pour Sherlock Holmes ? lance-t-elle avec un sourire un brin moqueur.

— À mes heures, ça m'arrive ! répond-il distraitement. On entre ?

Il pousse la porte vitrée, provoquant le tintement discordant d'un carillon. Le pied hésitant, ils descendent trois marches et découvrent avec étonnement une vaste salle voûtée, aux recoins obscurs et au plafond soutenu par des arcs brisés. Les rayonnages sont disposés avec un apparent désordre labyrinthique. Au fond se dresse un comptoir en bois brun derrière lequel est tirée une lourde tenture de velours sombre, au centre de laquelle sont brodés d'étranges signes cabalistiques.

L'odeur de papier moisi assaille d'abord les deux jeunes visiteurs, comme dans une salle d'archives jamais aérée. Suit l'impression déplaisante d'avoir pénétré dans l'antre d'un vieux sorcier. Il y règne une fraîcheur de crypte qui les fait frissonner. La lumière, jaunâtre, émise par des lampes de style art-déco ressemblant à de gros champignons en pâte de verre, ne parvient pas à éclairer

15

toute la salle, laissant dans l'obscurité d'inquiétantes profondeurs. Les livres qui remplissent les étagères sont de plus en plus anciens à mesure qu'ils avancent vers le comptoir. Les araignées ont tissé leurs toiles un peu partout, alors que la poussière est bizarrement absente. La brève apparition d'un gros cafard au bas d'un rayonnage tire une grimace à Camille, qui se rapproche d'instinct de son ami.

— C'est vraiment glauque, commente-t-elle à voix basse. À ton avis, à quoi il ressemble, le libraire ?

— Ouvrons les paris. Moi, je le vois petit, chauve, tout ridé, grincheux…

— Un des nains de Blanche-Neige, quoi ? le coupe Camille. Non, il est grand, mince, habillé tout en noir…

— Comme Dracula.

Camille hausse les épaules. Elle s'intéresse à une rangée de livres reliés de cuir brun dont elle lit les titres sur le dos : *La mort vous va si bien*, *Contes morbides*, *Épouvante à tous les étages*.

— Ça doit être le rayon des romans d'horreur, dit-elle.

Et ses yeux tombent sur *Le Cauchemar de Camille*. Réticente mais curieuse, elle prend l'ouvrage en main, et déloge du coup une grosse araignée noire qui s'enfuit à toutes pattes.

— Brrr! frissonne la jeune fille en reculant brusquement.

Elle ouvre le livre, parcourt le début d'un paragraphe :

« *Sais-tu, jolie Camille, dans quel engrenage tu viens de mettre le doigt ? Peut-être crois-tu qu'il t'est encore possible de reculer, d'échapper à cette épouvantable histoire dans laquelle ton ami t'a incitée à entrer ? Autant vouloir remonter le temps.* »

Elle referme aussitôt le livre, le remet à sa place et se tourne vers son ami, qui vient à son tour de dénicher une curiosité intitulée *Le Roman de l'Étrange Inconnu.*

— Alex, je ne me sens pas bien, ici. Je veux partir.

— Hein? Heu… oui, un instant.

Le garçon pose le roman et en ouvre un autre au titre évocateur : *Sueur froide.* Une sensation glaciale le saisit, comme si un courant d'air froid lui léchait le visage.

— Alex, on s'en va ! insiste Camille.

— D'accord. Je reviendrai plus tard, se résigne celui-ci en replaçant l'ouvrage sur l'étagère.

Une voix masculine les interpelle soudain du fond de la librairie :

— Bonjour, jeunes gens !

Alex et Camille se retournent vivement. Debout devant le comptoir, bras croisés, se tient un homme assorti à l'atmosphère de sa boutique. Grand, mince, vêtu avec raffinement d'un costume sombre, d'une chemise grise et d'une cravate de soie violette piquée d'un diamant noir. Il porte une barbiche pointue, de fines moustaches et une chevelure de jais lissée en arrière.

— Soyez les bienvenus dans l'univers du frisson et du mystère. Que puis-je pour vous ? demande-t-il.

Sa voix est douce comme le nectar d'une plante carnivore. Son personnage au regard de braise et au sourire carnassier est visiblement bien étudié. Les adolescents ne savent pas s'ils doivent rire ou s'enfuir.

— Rien de spécial, merci. On regarde, répond Camille comme si elle s'adressait à une vendeuse de prêt-à-porter.

— Très bien. Regardez, cela ne coûte rien ; je suis certain que vous ferez d'étonnantes découvertes.

Ils esquissent un sourire. Impressionnés par l'étrange prestance du libraire, ils sont comme deux gamins empotés qui n'osent réclamer l'autorisation de sortir. Mais Alex se détend rapidement :

— Bravo pour la déco. On se croirait dans un vieux film d'horreur.

— Merci. Cela vous plaît, je vois.

— Pas spécialement. J'aime mieux le fantastique…

— L'aventure, l'action et les sensations fortes, n'est-ce pas ? enchaîne le libraire en s'approchant de ses visiteurs. J'ai ici de quoi combler vos plus ardents désirs. Vous êtes entrés dans le temple du fantastique ! s'exclame-t-il en écartant les bras. Vous y trouverez des livres dont il n'existe qu'un seul et unique exemplaire au monde, des romans d'une telle puissance dramatique qu'ils vous plongent dans un abîme d'émotions. Demandez-moi un thriller au suspense insoutenable et je vous sortirai de purs joyaux d'effroi. Tenez, par exemple, cet ouvrage, près de vous…

L'index tendu, l'homme parcourt à grands pas la distance qui le sépare de ses jeunes clients. Camille fixe ce long doigt prolongé d'un ongle bistre et pointu comme une griffe, qui passe devant elle pour extraire d'une étagère un gros volume de cuir brun. Le regard luisant de passion, le libraire ouvre le livre et reprend avec exaltation :

— Voici une épouvantable histoire qui commence pourtant comme un conte de fées. Une jeune fille quelconque rencontre le plus charmant, le plus doux des hommes, qu'elle accepte bien sûr d'épouser. C'est alors qu'elle découvre qu'il a été veuf… dix fois ! (Il se tourne soudain vers Alex :) Est-ce ce style d'aventures que vous recherchez ?

Pris au dépourvu, le garçon met un temps à réagir.

— Non. Plutôt quelque chose avec des revenants, s'entend-il répondre.

— Je vois. Venez par ici. J'ai un rayon complet consacré à ce sujet.

Méfiants mais intrigués, les adolescents suivent le libraire jusque dans une alcôve dont le mur est percé de niches remplies de livres. Une bougie à la flamme vacillante diffuse une maigre lumière jaune. Camille s'empare du bras de son ami. Elle n'a qu'une envie, déguerpir ! Mais, comme Alex, elle ne peut refuser l'invitation du libraire.

— Je vous recommande ce petit livre, déclare l'inquiétant personnage en le donnant à Alex.

Le garçon l'ouvre, le feuillette rapidement… mais ne paraît pas emballé.

— Je n'aime pas trop les nouvelles, finit-il par avouer. Je préfère les vrais romans.

— Je sais, je sais, fait le libraire, mais ceci est juste un avant-goût de ce que je peux vous proposer. Je vous en prie, lisez ces petites aventures et revenez m'en parler. Nous saurons alors ce qu'il vous faut.

Alex retourne le livre pour connaître le prix.

— Je vous l'offre, annonce le libraire. Nous dirons que c'est un cadeau de bienvenue.

— Merci, je…

— Mais, en retour, le coupe le libraire, je peux compter sur votre fidélité, n'est-ce pas ?

— Je ne sais pas. On verra.

— Il faudrait qu'on y aille, Alex, parvient enfin à articuler Camille.

Le garçon acquiesce de la tête, les yeux rivés sur la couverture de son « cadeau ». Le titre est prometteur : *Héros et hurlements*. L'affable libraire se tourne maintenant vers Camille :

— Et vous, mademoiselle, comment puis-je vous combler ?

— Impossible ! Je n'aime que les histoires romantiques, réplique-t-elle d'un ton assez sec.

En vérité, elle a une prédilection pour le policier. Et elle adore les beaux sentiments…

— J'ai aussi de très beaux romans d'amour, annonce le libraire. Suivez-moi.

Ils sortent de l'alcôve.

— J'en ai vraiment marre, Alex, murmure-t-elle à l'oreille de son camarade.

Celui-ci est d'accord pour abréger la visite et lance :

— On vous remercie, monsieur, mais il faut vraiment qu'on parte.

— Héloïse et Abélard ! s'exclame le libraire en extrayant d'un geste vif un livre d'un rayonnage.

— Non, insiste Camille. On reviendra un autre jour.

Si l'homme est déçu, il ne le montre pas. Son sourire reste onctueux tandis que son geste redevient souple.

— Mais bien sûr. Ce sera avec plaisir.

Après l'avoir remercié une seconde fois, les deux collégiens s'éloignent vers la sortie. Le regard d'Alex est alors attiré par l'éclat argenté d'une série de quatre livres d'un aspect moderne. Il s'arrête, incline la tête pour lire les titres, tous identiques : *Le livre dont vous êtes la victime*.

— C'est quoi ? demande-t-il au libraire.

— Quelque chose de très particulier qui n'est sûrement pas dans vos moyens.

— C'est-à-dire ?

L'étrange personnage les rejoint, saisit un exemplaire qu'il contemple longuement. Camille laisse échapper un soupir d'agacement et se retient avec peine d'intervenir.

— Celui-ci vaut les yeux de la tête, répond enfin l'homme sans paraître plaisanter.

Alex grimace un bref sourire.

— Celui-là est un peu moins cher, nous dirons qu'il ne coûte que la peau des fesses.

Cette fois, le garçon éclate de rire. Camille se contente de sourire.

— Sérieusement, ils valent combien ? interroge Alex.

Le libraire plante son regard ténébreux dans celui de l'adolescent. Ses sourcils se rapprochent insensiblement. Et d'un coup, il lâche :

— Revenez me voir quand vous aurez lu celui que je vous ai offert. Au revoir, jeune homme. Au revoir, mademoiselle. Merci de votre visite.

Il se détourne, regagne d'une démarche lente et régulière le fond de la salle, contourne le comptoir et disparaît derrière le rideau, plantant là ses deux clients décontenancés.

— Trop bizarre, ce type, murmure Alex.

— Un peu trop, renchérit Camille. Si on n'a pas quitté cette cave dans la seconde, je hurle.

Une fois dehors, elle lui propose, pour se remettre de leurs émotions, d'entrer dans un café tout à côté.

— J'ai besoin de vie, s'exclame-t-elle, de bruit, de monde… (Elle frissonne.) Et de chaleur !

— Et de la bonne odeur de la cigarette ! ajoute Alex.

Il déteste les atmosphères enfumées. Elle aussi.

— Moui, tu as raison. Dans ce cas, on pourrait… voyons… faire du lèche-vitrines !

Alex baisse les yeux en souriant. Cette fille lui plaît, bon sang ce qu'elle lui plaît !

3

Nuit de trouille

Le soir venu, sitôt son dîner avalé, Alex s'enferme dans sa chambre. Il met un peu d'ordre dans ses affaires, puis prépare son sac pour le lendemain, tout cela sans cesser une seconde de penser au cadeau du libraire. Depuis qu'il est entré en possession de ce recueil de nouvelles, son désir de s'y plonger n'a fait que croître, au point d'occulter une autre obsession, prénommée Camille. Durant l'heure qu'il a passée avec elle, elle a parlé de tout sauf de la librairie. Son sourire était étincelant, son charme ensorcelant. À croire qu'elle faisait tout pour le séduire. Alex hausse les épaules à cette idée invraisemblable. Il soupire, se regarde dans le miroir de son armoire et se dit : « Après tout, pourquoi pas ? » Aussitôt, une boule d'angoisse lui noue l'estomac ; il n'est pas très à l'aise avec les filles. C'est un garçon courageux, sportif, à l'occasion casse-cou, mais un piètre séducteur !

Il s'empare du recueil posé sur son bureau, saute sur son lit et s'installe confortablement. Il pousse un soupir d'aise. *Héros et hurlements*, lit-il sur la couverture noire. Un titre qui sonne comme celui d'un film d'horreur de série Z. La première nouvelle s'intitule : *Les yeux du pendu*. Probablement une nullité crétinissime. « Juste trois lignes et je le balance », pense-t-il.

« *Dans trois lignes, mon garçon, tu seras vert de peur*, lit-il avec stupéfaction, *car l'histoire que je m'apprête à te raconter a de quoi te congeler le sang. Mais avant, il faudrait créer l'ambiance ; il y a trop de lumière ici.* »

Brusquement, sa lampe de chevet s'éteint, plongeant la chambre dans la pénombre. Il frissonne jusqu'à la racine des cheveux. Pétrifié, il regarde le crépuscule par la fenêtre. Un éclat de voix le fait sursauter.

— Alex ! Je ne trouve pas la lampe électrique. Alex !

— Heu, oui m'man ? (L'émotion étrangle sa voix. Il prend sa respiration et lance avec plus d'énergie :) C'est moi qui l'ai !

Il récupère une lampe de poche dans un placard et sort dans le couloir où sa mère l'attend :

— Ah, bien ! Merci, mon chéri.

— Les plombs ont dû sauter, dit-il.

— Je crois plutôt que ça vient de l'EDF. Il n'y a plus de lumière dans la rue. Je vais allumer des bougies. Tu en veux une ?

— Non, merci, j'ai ce qu'il faut.

C'est à la flamme vacillante d'une bougie-Père Noël qu'il replonge dans *Les yeux du pendu*.

« *Cette histoire commence un soir d'hiver, quelque part dans la campagne bretonne, à une époque où l'on croyait encore aux fantômes et aux créatures maléfiques. Passé le coucher du soleil, plus un paysan n'aurait osé se risquer sur la lande.* »

Apaisé, Alex poursuit sa lecture qui se révèle finalement prenante, bien que d'un style horreur-fantastique assez classique. Jusqu'au moment où…

« *Le Vieux se retourna vivement, une expression d'épouvante déformant sa trogne de pomme* » *pourrie. Derrière le carreau de la petite fenêtre, la créature l'observait.* »

Alex change de position et instinctivement jette un regard vers la fenêtre de sa chambre. Il pousse un cri de surprise et lâche son livre. Il cligne des yeux, s'interroge et adresse à sa bougie-Père Noël un sourire incertain.

— *Putain*, la trouille ! lâche-t-il.

Ce fut très bref, mais parfaitement net : deux yeux, à l'iris bleu clair, surmontés d'épais sourcils broussailleux le fixaient avec une expression sévère. Le garçon se frotte les bras pour en chasser la chair de poule. Peut-être n'était-ce qu'un reflet dû à la bougie… Non, pas *peut-être*, sûrement ! Ou alors, il s'agit d'un effet de son imagination. Il reprend sa lecture, mais ses émotions ne sont pas terminées. À l'instant précis où il lit qu'un pendu, affligé d'une terrible malédiction, cogne à la porte d'une chaumière, quelqu'un frappe à celle de sa chambre trois coups bien détachés. Alex sursaute. Ce n'est pas sa mère, elle ne prévient jamais avant d'entrer, ce qui d'ailleurs l'agace prodigieusement. Ce n'est pas son père non plus, il ne vient le voir dans sa chambre qu'une fois ou deux par an, et rarement pour le féliciter.

Alex continue à lire :

« *Marguerite refusait d'ouvrir, épouvantée à l'idée que ce puisse être le pendu du Val maudit. Après un interminable silence, la poignée de céramique commença à tourner, lentement, émettant un interminable grincement qui ne fit qu'accroître l'effroi de la pauvre femme.* »

La poignée de la chambre d'Alex s'abaisse en gémissant.

« *Bien qu'elle fût maintenant convaincue que de l'autre côté de cet huis se tenait l'affreuse créature, Marguerite courut à la porte et l'ouvrit d'un coup.* »

N'y tenant plus, Alex saute de son lit, se rue sur la porte de sa chambre et l'ouvre ! Un cri strident perce le silence. Son cœur se serre violemment. Une fillette de huit ans, pieds nus, déguisée en fantôme, recule et tombe sur les fesses.

— Carole ! C'est pas vrai ! Qu'est-ce que tu fiches avec ce drap ? s'exclame Alex.

Pourquoi n'a-t-il pas songé d'abord à sa sœur ? C'est une farceuse-née, un poison certes adorable, mais un poison tout de même pour les amateurs de calme et de méditation.

— Tu m'as fait peur ! proteste la fillette, qui ne s'attendait pas à être prise à son propre jeu.

À deux doigts de perdre son sang-froid, c'est-à-dire d'étrangler sa chère petite peste adorée de sœur, Alex préfère ne pas répliquer. Il claque la porte et s'enferme à double tour. Il se retourne ; le Père Noël le fixe de ses yeux de cire, le visage fendu d'un sourire narquois.

4

Nico et les quarante dealers

Il est un peu plus de deux heures du matin. Le fond de l'air est humide, réfrigérant, bref, odieux pour un adepte de la couette comme Nico. Faut-il qu'il soit motivé pour avoir accepté de venir grelotter ici, les fesses plantées dans l'herbe d'un talus, avec vue plongeante sur un parking de supermarché.

— Je suis givré, raide givré, ne cesse-t-il de grommeler pour passer le temps.

Il ouvre sa veste de jogging et s'empare une nouvelle fois du livre qu'il a volé dans la librairie du Styx. C'est un ouvrage à couverture argent et au titre énigmatique : *Le livre dont vous êtes la victime*. Nico s'en est emparé au hasard, en passant, parce qu'il n'a pas aimé le sourire mielleux du libraire. Mais surtout, parce qu'il n'a pas supporté la manière suave avec laquelle ce « bouffon » lui avait annoncé que le « jeune homme » n'avait pas les moyens de s'offrir les romans les plus « saignants » de sa boutique. Un peu plus tard, il avait jeté son larcin dans une poubelle et puis, allez savoir pourquoi, il avait été pris d'un regret. Se disant qu'il l'offrirait à son petit frère, il avait récupéré l'ouvrage parmi les détritus. Plus curieux encore, au lieu d'aller au bout de sa générosité, il avait commencé à le lire. N'en revenant pas lui-même, il avait été pris par sa lecture. Par son étrangeté. L'auteur s'adressait à un *Nico* à ce point ressemblant avec lui que c'en était ahurissant. Très vite, il avait compris que, si fou que cela parût, c'était à lui que s'adressait cet auteur anonyme. Le fourbe était sacrément malin, car il avait précisément cerné les goûts de son « client », ou de sa « victime » comme l'annonçait le titre sur la couverture. En effet, Nico était à la fois repoussé et attiré par la violence, par tout ce qui faisait le quotidien d'un certain nombre de ses copains de la cité (qu'il avait jusqu'à présent réussi à maintenir à distance).

Après le dîner, c'est-à-dire une fois qu'il eut vidé un paquet de chips devant la télé, Nico s'était replongé, fasciné, dans son livre. Celui-ci lui avait alors tout simplement offert d'assister à un spectacle comme il adore en voir à la télé ou dans ses jeux vidéo. Il lui avait expliqué où et à quelle heure cela se passerait, mais sans lui révéler de quoi il retournait.

Et si incroyable que cela puisse paraître, il est là, claquant des dents et maugréant, à attendre le début du *spectacle* annoncé. Il consulte sa montre, puis ouvre le livre à la page 102.

« *Ça ne va pas tarder. Ouvrez grands les yeux et n'en perdez pas une miette.*

Lorsque ce sera fini, rentrez vite chez vous, car il ne fera pas bon traîner dans le secteur. Rendez-vous demain soir, après vos cours, en page 64. »

Moins d'une minute plus tard, une grosse voiture noire surgit sur le parking. Elle s'immobilise. Ses phares s'éteignent. Le cœur de Nico se met à battre plus vite. Il serre les poings, surexcité.

Une dizaine d'autres véhicules arrivent et entament aussitôt une sorte de ballet sur fond de crissements de pneus et vrombissements de moteurs. Un homme à la carrure imposante sort du premier véhicule. Il lève les mains et, presque aussitôt, toutes les voitures s'arrêtent de hurler et de tournoyer.

— J'hallucine, c'est Mad Max ! murmure Nico en serrant son livre contre sa poitrine.

Tout à coup, d'autres voitures, de grosses cylindrées pour la plupart, pénètrent à leur tour sur le parking. Elles se garent en épi, illuminant les lieux de leurs phares. Une vingtaine d'individus en sortent. Durant quelques minutes, les chefs échangent des propos. Puis la discussion semble tourner court. Ils se bousculent, s'insultent, reculent… Nico comprend qu'il s'agit d'une réunion de dealers sur le point de tourner au baston.

— Ho, ho…, se réjouit-il comme un enfant à Disneyland.

Des battes de base-ball apparaissent, des armes blanches… Un règlement de comptes commence, saignant à souhait.

5

Retour à la librairie du Styx

Le lendemain, dans la cour du collège, quelques minutes avant l'entrée en classe, Camille, souriante, vient à la rencontre de son ami.

— Salut, Alex ! Tu as passé une bonne nuit ?

Le garçon marque une hésitation avant de lâcher un simple « oui » qui étonne la collégienne.

— Ça, c'est un oui qui veut dire non, n'est-ce pas ? Tu as fait des cauchemars, comme Nico ?

— Ce n'était pas des cauchemars.

— Ah ? Figure-toi que moi j'en ai fait un, et… brrr ! j'en tremble encore.

Alex la dévisage, intrigué. Elle soutient un bref moment son regard pénétrant, puis reprend :

— Je nous voyais tous les deux dans la librairie du Styx. Le libraire était là, dans son déguisement de Halloween. Il se tenait comme ça, bras croisés, avec un petit sourire venimeux, mais ce n'était pas lui. Devine…

— Le prof de maths, juste avant de nous distribuer l'interro.

Camille éclate de rire. C'est justement le programme prévu pour le début de matinée.

— Pas du tout. C'était Benjamin ! Très sympa, d'ailleurs. Il nous offrait des bonbons, enfin, quand je dis des bonbons, plutôt des araignées noires bien grasses et grouillantes… Brrr !

Alex se force à sourire, pour lui faire plaisir. Si elle savait la soirée d'épouvante qu'il a endurée… Ils font quelques pas dans un silence gêné, puis elle lui demande :

— Et toi, tes rêves ?

— C'était pas des rêves non plus. J'ai lu le bouquin de nouvelles que m'a donné le libraire.

— Et alors ?

— Efficace.

Camille le dévisage et devine ses intentions.

— Tu vas y retourner ?

— Oui… Avec toi, j'aimerais bien.

— Ah, sûrement pas ! Trouve-toi une autre fille, Léa, par exemple ; je suis sûre qu'elle adore les boutiques puantes, sales et glaciales. Moi, il me faut de la lumière, des couleurs et éventuellement un mec sympa pour me raconter des histoires drôles.

— Hum, murmure Alex qui baisse les yeux.

Les rares histoires drôles qu'il connaît ne feraient même pas sourire un gamin de cinq ans.

— Mais non, je rigole ! s'exclame Camille. J'aime bien aussi les garçons qui fréquentent les librairies déjantées… Au fait, j'ai cherché dans le dico Héloïse et Abélard. Alors oui, c'est une belle histoire d'amour, et historique en plus ! Ça s'est passé au Moyen Âge…

Alex l'observe, attendant le revers de la médaille.

— Ils ont eu un enfant sans être mariés, poursuit Camille. Tu imagines, un vrai scandale pour l'époque. Du coup, le tonton d'Héloïse a fait castrer Abélard et expédié sa nièce au couvent… Sympa, non ? Et le Styx, tu sais ce que c'est ? Le fleuve des Enfers dans la mythologie grecque. Alors tu vois, ne compte pas sur moi pour remettre les pieds dans cette boutique.

La sonnerie du collège met fin à leur conversation. Alex retournera donc seul dans le « temple du frisson ».

Après les cours, Alex adresse un bref salut de la main à Camille qui l'observe de loin, parmi ses copines. Apercevant Nico, qui s'éloigne seul sur le trottoir, il le rattrape et l'interpelle :

— Ça va, Nico ?

— Ouais. Qu'est-ce que tu veux ?

— Rien. Juste te demander si tu as commencé le bouquin que t'as… emprunté à la librairie du Styx ?

Le garçon s'arrête de marcher et plante un regard mauvais dans celui d'Alex.

— Qu'est-ce que ça peut te faire ?

— J'y suis allé, moi aussi.

Alex attend la réaction de Nico, mais celui-ci reste de marbre, ou plutôt tente de dissimuler son intérêt.

— Le libraire m'a prêté un livre, ajoute Alex.

— Et alors ?

— Pas mal. Ça fiche vraiment la trouille. Et le tien ?

Un bref sourire apparaît sur les lèvres de Nico.

— Non, moi ça m'a plutôt fait marrer, répond-il.

Il le salue et s'éloigne, la démarche encore plus chaloupée qu'à l'ordinaire. Alex l'observe, se disant qu'il n'est pas le seul à avoir passé une nuit « noire ». Puis il attrape de justesse un bus et sort son livre de nouvelles fantastiques. Il relit le début : « *Dans trois lignes, mon garçon, tu seras vert de peur.* » Il essaie de trouver une justification rationnelle à cette coïncidence incroyable, la veille, entre sa pensée et la lecture de ces quelques mots. L'inconscient peut-être ; il aura photographié la première page en feuilletant l'ouvrage dans la librairie… Admettons. Mais ensuite, comment expliquer les autres phénomènes qui ont émaillé sa lecture ? Ça n'a pas arrêté, comme s'il bénéficiait d'un bonus d'effets spéciaux littéralement hallucinants. Si bien qu'il s'est pris au jeu et ne songe plus depuis qu'à poursuivre l'expérience, même s'il éprouve un mauvais pressentiment quant à l'issue de celle-ci. Ce qui l'intéresse maintenant, c'est d'acheter un de ces *livres dont vous êtes la victime…* Une pensée l'effleure : la violence de son impatience à replonger dans une lecture à émotions fortes est comparable à celle d'un risque-tout, d'un drogué en manque à qui on aurait promis sa décharge d'adrénaline. En poussant la réflexion, il parvient à comprendre ses motivations profondes. Sa vie lui paraît fade, sans cesse limitée par les interdits, étouffée par ses parents qui voient le mal et le danger partout, alors qu'en lui brûle le feu de l'aventure. Il souffre d'une soif permanente de sensations vraies et puissantes qu'il réussit à peine à apaiser dans le sport, les jeux vidéo… et les romans.

Songeant tout à coup aux propos du libraire sur le prix élevé des livres à couverture argent, il plonge la main dans la poche droite de son jean. Il fait ses comptes : vingt-deux euros quatre-vingt-quinze, c'est tout ce qu'il a pu rassembler avant de partir au collège. Est-ce que ce sera suffisant ? Il n'a pas osé casser le cochon-tirelire que son grand-père lui a offert pour ses dix ans. Pourtant, s'il le faut… Le bus s'immobilise à l'arrêt Poste centrale.

Sans courir, mais à vive allure, il gagne l'impasse des Martyres. À l'approche de la librairie du Styx, il est soudain pris d'un doute ou peut-être d'une crainte. Il passe devant la vitrine, plus sombre que jamais, sans s'arrêter, puis stoppe quelques mètres plus loin, au fond de l'impasse. Il se mord le poing d'incertitude. Son cœur cogne comme s'il s'apprêtait à… à embrasser Camille. Rageant contre sa lâcheté, il fait demi-tour, revient sur ses pas et, sans hésiter, pousse la porte. Le froid et l'odeur de moisi l'assaillent de nouveau, tandis que des ombres semblent l'envelopper et l'accompagner jusqu'au fond de la salle voûtée. Il se plante devant le comptoir et attend. Ne voyant venir personne, il toussote. Silence. Il appelle :

— Y'a quelqu'un ? Monsieur ? Hé, ho !

— Me voici, répond enfin le libraire dans son dos.

Alex fait volte-face.

— Heu… bonjour. (Il se racle la gorge.) Je…

— Bonjour. Je ne m'attendais pas à vous revoir si vite.

Le personnage en costume sombre s'approche à moins d'un mètre du garçon, qui se sent acculé contre le meuble en bois brun.

— J'ai terminé le livre que vous m'avez offert, dit-il en essayant de reprendre contenance.

— Oh, félicitations. Avez-vous aimé ?

— Disons que j'ai trouvé ça amusant.

— Vraiment ? Alors, il faut absolument que je vous fasse découvrir d'autres ouvrages. Suivez-moi…

Le libraire se détourne. Alex lance :

— Je sais ce que je veux !

L'homme s'arrête net et, sans se retourner, demande :

— Je vous écoute.

— Je veux que vous me parliez de ces *livres dont vous êtes la victime*.

Le libraire lui tourne le dos, pourtant Alex parierait sa collection de mangas qu'il est en train de sourire.

— La question juste serait : ça *vous* parle de quoi ? Car ces œuvres s'adressent à vous personnellement. Venez.

Alex suit le libraire jusqu'au rayon où la veille il a repéré la collection.

— Comment vous appelez-vous ? demande le curieux personnage en s'emparant d'un des exemplaires.

— Alex Ascoët.

— Moi, on me nomme Natas.

Alex fronce les sourcils, il s'interroge sur l'origine de ce curieux patronyme. Le libraire lui présente le livre, sans le lui donner, comme s'il s'agissait d'une pièce rare à manipuler avec précaution. Sa couverture argent ne porte que le nom de la collection, en lettres rouges.

— Je peux le voir ? questionne Alex.

— Malheureusement, non. Ce genre d'ouvrage ne doit être ouvert que par celui qui l'a acquis. Nous dirons que c'est par superstition.

— Très bien. Alors dites-moi ce que ça raconte.

Le dénommé Natas secoue négativement la tête, déçu par l'attitude du jeune homme.

— Voyons, monsieur Ascoët, croyez-vous que j'accorderais autant d'importance à cette œuvre si elle ne faisait que « raconter » quelque

42

chose ? En vérité, ce livre vous apporte beaucoup plus qu'un simple récit. Il fait de vous un héros ou… une *victime*. Il vous plonge dans une aventure littéralement… dévorante ! Si vous le commencez, vous ne pourrez plus vous arrêter. Vous serez… comment dire ?… emporté par les flots d'un Styx de rebondissements. C'est pourquoi il est si cher.

— OK, annoncez le prix.

Le libraire dévisage le jeune homme avec une expression énigmatique, où se mêlent compassion et condescendance. Il inspire profondément et lâche :

— Vingt-deux euros quatre-vingt-quinze.

— Vous vous moquez de moi ! s'exclame Alex, c'est exactement la somme que j'ai sur moi !

— Je sais.

— Mais comment vous le savez ? Vous avez des dons de voyance ?

— Une bonne vue, tout simplement. Figurez-vous que j'étais dans le même bus que vous, tout à l'heure. Je vous aurais bien salué, mais vous me paraissiez tellement abîmé dans vos pensées…

Troublé, Alex ne sait que répondre.

— Cela me fait plaisir de vous offrir cette œuvre unique contre une si modique somme, enchaîne Natas. Sachez que d'autres m'auraient cédé une fortune pour l'obtenir.

— Pourquoi ne pas avoir accepté, alors ? questionne Alex, soupçonneux.

— L'argent ne m'intéresse pas. Je suis un amoureux des livres, comme tous les libraires, je pense. Et cela suffit à ma satisfaction de savoir ma clientèle envoûtée par ce que je lui vends. Ce sera votre cas, faites-moi confiance.

De plus en plus mal à l'aise, Alex règle son achat et s'en va. Une fois à l'air libre, il pousse un profond soupir de soulagement. Il remonte l'impasse en courant et surgit sur la place de la Poste où il tourne son visage vers le ciel, tel un spéléologue retrouvant la lumière du jour.

6

Livre à couverture argent : mode d'emploi

Dans la soirée, Alex reçoit un appel téléphonique de Camille. Pour être tranquille, il emporte le combiné du sans-fil dans sa chambre et s'installe sur son lit.

— Voilà, je suis dans ma forteresse, dit-il.

— Finalement, j'ai regretté qu'on ne soit pas restés ensemble après cinq heures, avoue-t-elle.

— Tu serais venue avec moi à la librairie ?

— Non, mais je t'aurais attendu au café de la Poste. Comment ça s'est passé ?

— Bizarrement.

— Raconte !

L'adolescent lui explique en quelques mots comment il a obtenu, sans avoir à céder ses yeux ni la peau de ses fesses, le livre qu'il convoitait. Il a envie de lui confier aussi l'état d'esprit dans lequel il a couru chez Natas, mais il choisit de

45

rester discret sur ce point. Songeur, il marque une longue pause. Camille s'inquiète :

— J'ai l'impression que tu ne vas pas bien, Alex. Tu veux que je vienne ?

— Ta mère te laisserait sortir, à cette heure ?

— Bien sûr que non ! Mais tu sais que j'habite au premier. En passant par la fenêtre, il me faut moins de dix secondes pour me retrouver dans la rue.

Alex se laisserait bien tenter par cette visite, mais il déclare :

— Non, reste au chaud. Je t'appellerai si j'ai vraiment les boules. Et dans ce cas, c'est moi qui viendrai.

— Promis ?

— Juré.

— Bon. Maintenant, dis-moi ce qu'il y a dans le bouquin que tu as acheté.

Alex ouvre son sac à dos et en sort l'ouvrage sur lequel se reflète la lumière orangée de sa lampe de chevet. Il s'assoit en tailleur et, sans lâcher le combiné, il essaie de l'ouvrir… en vain.

— La couverture est collée, maugrée-t-il. Attends, je pose le téléphone…

Malgré ses efforts, le livre refuse de s'ouvrir.

— Je ne comprends pas, dit-il à Camille. Les pages sont toutes collées.

— Tu t'es fait avoir.

— Mais non ! Tout à l'heure, dans le bus, je l'ai feuilleté sans problème. C'est dingue !

Il le secoue, sans plus de succès.

— Qu'est-ce que tu vas faire ? demande Camille après un silence.

— Je le ramènerai demain.

— Je t'accompagnerai.

Alex sourit.

— Allez, on parle d'autre chose, propose-t-il, la mine à nouveau contrariée.

Camille enchaîne sur une histoire qu'on lui a racontée au collège, une farce censée être drôle, visant un prof, mais qui n'a amusé que son auteur. Alex l'écoute d'une oreille distraite, le regard rivé sur le livre posé devant lui. Se rendant compte qu'elle parle dans le vide, Camille se propose de le rappeler le lendemain, mercredi.

— On pourra se voir, l'après-midi, si tu veux, précise-t-elle.

— Bien sûr.

— À demain ?

— À demain.

Elle raccroche. Alex soupire, se disant qu'il n'est vraiment pas fait pour les histoires de filles. Il reprend son livre… et l'ouvre !

— C'est quoi, ce truc ? murmure-t-il.

Il le parcourt, picore au hasard quelques fragments de texte qui lui paraissent correspondre à un récit ordinaire, écrit au passé. Puis il s'intéresse au début du livre, qui commence par un avertissement :

« L'œuvre que vous venez d'acquérir, comme vous le savez sans doute, n'appartient pas à un genre classique de la littérature à suspense : thriller, policier, épouvante... Il faudrait lui inventer une catégorie particulière comme "Farce sévère" ou "Funeste destin". De quoi s'agit-il ? En apparence d'un roman d'aventures, avec des héros bien campés, un environnement décrit avec soin, une intrigue habilement ficelée... À la différence que les personnages seront des plus réels, l'environnement sera le vôtre. Quant à l'intrigue... elle dépendra essentiellement de vous. Ajoutons qu'elle s'écrira au passé, tandis que nous vous guiderons, au présent, à mesure que se mettront en place les événements. Le futur n'appartenant à personne, pas même au diable, le dénouement n'est pas acquis, comme il le serait par la volonté d'un écrivain. À vous donc de le décider.

Lisez avec attention les consignes qui suivent. Comme le mode d'emploi d'une machine, elles sont indispensables au bon déroulement de votre aventure.

Tournez la page, s'il vous plaît. »

N'étant pas sûr d'avoir compris, Alex relit le texte, mais ne s'en trouve guère plus avancé. Être le héros du livre, très bien, et alors ? Le personnage de fiction s'appelle-t-il Alex ? Et un récit qui « s'écrira au passé, tandis que nous vous guiderons » ? Qui est « nous » ? Tout cela n'est pas très clair, mais bigrement excitant. Il tourne la page et lit la suite avec attention.

« *Les livres dont vous êtes la victime obéissent à des règles de fonctionnement extrêmement précises qu'il est strictement interdit de contourner. Quand bien même vous seriez tenté de lire ce qui suit, vous n'en tireriez qu'incompréhension et finalement ennui mortel. C'est pourquoi nous vous demandons de vous conformer aux consignes répertoriées ci-dessous :*

— Il est obligatoire d'accomplir la première action pour que l'aventure démarre.

— Il vous est interdit de revenir en arrière et impossible de devancer les événements.

— Nos suggestions d'actions répondent à des nécessités conformes à l'objet de cette œuvre explicité en page précédente. Vous ne chercherez

pas d'autre solution, au risque de ne plus obtenir d'informations sur le déroulement des événements et, par là même, d'amoindrir fatalement vos chances d'arriver au bout de vos peines. Si vous essayiez malgré tout de contourner cette obligation, nous vous accorderions une tolérance, mais ce serait la seule. »

Alex saute allégrement les consignes trop longues ou trop obscures. Il fait tout de même l'effort de lire la dernière :

« — Il est fortement déconseillé de négliger la lecture des consignes ci-dessus. »

Il éclate de rire… puis obéit en relisant l'ensemble avec attention. Le livre l'invite à se rendre à la page 12, ce qu'il fait avec un pincement d'émotion.

« Pour lancer votre aventure, vous devrez vous rendre cette nuit au cimetière Saint-Blaise. Dans le secteur C, allée 22, vous trouverez trois caveaux au nom du docteur Kamal, de Boris Strogonov et de Marthe Laponge. Deux minutes avant minuit, ouvrez votre livre à la page 66 pour obtenir les instructions suivantes. Soyez ponctuel et n'oubliez pas de vous munir d'un moyen d'éclairage. »

Alex se gratte le crâne, s'interroge et conclut : « N'importe quoi ! » Car il se voit mal braver la nuit et la fraîcheur de mars pour caracoler parmi les tombes du vieux cimetière de la rue Saint-Blaise. Par curiosité, il cherche la page 66, mais ne trouve que la 65 et la 68. En les examinant de près, il constate que les deux feuillets sont collés si solidement qu'il faudrait les déchirer pour les séparer. Mais il n'a pas l'intention de réduire en charpie un livre qui lui a coûté vingt-deux euros quatre-vingt-quinze et soupire :

— Bon, demain j'essaierai de me faire rembourser.

Une voix intérieure lui susurre pourtant qu'il n'en fera rien. De là à courir les rues en pleine nuit ! Et puis comment faire ? Sa mère est si soupçonneuse que, au moindre craquement de parquet, elle se lèvera et visitera tout l'appartement, persuadée qu'un cambrioleur s'y est introduit.

— Alex ! À table ! crie Mme Ascoët de la cuisine.

Il saute de son lit, et à l'instant de franchir la porte, une idée lui traverse l'esprit.

— À moins que…, murmure-t-il.

7

L'aventure commence… au cimetière

Peu après vingt-deux heures, Alex embrasse ses deux parents scotchés devant la télé.

— Tu ne lis pas trop tard, hein, mon chéri ? lui recommande sa mère.

— Pas ce soir, je suis crevé. Bonne nuit.

Saisissant le moment précis où un public enthousiaste applaudit une vedette de variétés, il franchit sur la pointe des pieds la porte d'entrée. Dans le salon, Mme Ascoët dresse l'oreille.

— Gérard, tu n'as rien entendu ? demande-t-elle à son mari, l'œil soupçonneux.

— Si, ils vont dire qui a gagné le voyage à Tahiti.

La mère d'Alex hausse les épaules et se lève pour une tournée d'inspection minutieuse. Premier objectif, vérifier si la porte d'entrée est verrouillée.

— Ça alors !

Elle ne l'est pas ! Mme Ascoët aurait pourtant juré… D'un geste vif, elle donne deux tours à chaque verrou et laisse la clé dans la serrure du milieu. Elle se rend ensuite au fond du couloir, plaque l'oreille contre la porte de la chambre de son fils. Silence total ; c'est bon signe. Avec précaution, elle entrouvre le battant, jette un œil dans la pièce plongée dans la pénombre. Une forme recroquevillée en chien de fusil occupe le lit.

— Fais de beaux rêves, mon canard, chuchote la maman attentionnée avant de se retirer sans bruit.

Si elle savait que le « canard » en question est en train de traverser la ville d'un bon pas vers la plus lugubre et la plus incongrue des destinations, elle tomberait en syncope. La tête enfouie dans la capuche de son jogging et les mains enfoncées dans ses poches, on croirait un moine pénitent des banlieues se rendant à la cathédrale pour prier. Dans son sac à dos gris, Alex transporte le responsable de son escapade nocturne ainsi qu'une lampe de poche, comme il le lui a été recommandé.

— Je suis fou, bougonne-t-il contre lui-même, carrément frappé.

Pourquoi y va-t-il, alors ? Il faut qu'il trouve une solide raison, ne serait-ce que pour rendre supportable ce vent glacé qui s'insinue sous sa capuche. Il n'en voit qu'une d'à peu près acceptable : la page 66. Si elle se décolle à minuit moins deux, c'est qu'il sera entré corps et âme dans un monde parallèle où tout est possible, surtout le pire étant donné l'atmosphère morbide dans laquelle cette histoire a commencé. Pour le moment, la priorité est de trouver un moyen d'escalader le mur du cimetière, car si ses souvenirs sont bons, il fait plus de deux mètres de haut. Ensuite, il cherchera un café ouvert dans le quartier et attendra au chaud l'agonie de cette étrange journée.

À vingt-trois heures quarante-cinq, il quitte le minuscule bistrot où il a trouvé refuge. Escalader le mur d'enceinte du cimetière Saint-Blaise est un jeu d'enfant grâce à un conteneur de récupération de verre repéré une heure plus tôt ; le franchir est une autre histoire. Alex pensait qu'il n'aurait aucune peine à passer les pointes de fer hérissées au sommet du mur. Erreur. Pour commencer, il fait un bel accroc à sa veste.

— Merde !

Plus grave, il se blesse à la main gauche. Il lèche le sang qui coule d'une petite plaie dans sa paume. Ce n'est pas grave, mais cela finit de le mettre en rage. Comme en réponse, un bruit sec d'étoffe déchirée perce le silence. Son jean est mort. À la lumière conjuguée du croissant de lune et des lampadaires de la rue, il consulte sa montre. Il ne lui reste que dix minutes. Il s'en veut de ne pas être venu plus tôt. Enfin, il réussit à passer par-dessus les pointes et à se laisser choir de l'autre côté du mur. Où est le secteur C ? Il se faufile entre deux tombes, suit une allée gravillonnée, trouve un panneau carré sur lequel est peint un gros H. Stressé par le temps qui file comme une chauve-souris, il poursuit ses recherches au pas de course… Secteur E, il approche… Voici un panneau portant la lettre I.

— C'est pas vrai !

Il est minuit moins cinq. Trois minutes, c'est vite avalé. Par chance, il tombe enfin sur le secteur C. Reste à trouver l'allée 22. Il aperçoit l'ombre furtive d'un chat se glissant derrière une tombe. Un chat noir, cela porte malheur, aussi décide-t-il de prendre la direction opposée. Encore une minute. Un petit panneau blanc porte un numéro à deux chiffres.

— Vingt-deux ! s'exclame-t-il assez fort pour réveiller les morts et les gardiens de cimetière.

Il se mord les lèvres. Trente secondes viennent encore de s'écouler. Mais il sera à l'heure, car il est convaincu d'avoir repéré les caveaux qu'il cherche ; ce sont les plus sinistres de l'allée. Tout en approchant, il ôte son sac à dos pour en sortir le livre à couverture argent. Il l'ouvre… Le souffle court, il se rend à la page 66. Elle est toujours collée. Alors un immense soulagement l'envahit. Il soupire et rit de sa naïveté. Le voici donc délivré d'une histoire de fou et d'une méchante angoisse. Rien que pour cela, il ne regrette pas d'être venu. Les tombeaux du docteur Kamal, de Boris Strogonov et de Marthe Laponge, délabrés, ténébreux à souhait, seraient parfaits pour tourner un remake de *La Nuit des morts vivants*.

Alex regarde une dernière fois son livre avant de déguerpir. Les feuilles collées se séparent, livrant à son regard effaré les pages 66 et 67.

8

Le chronomètre de l'épouvante

La bouche sèche, le cœur battant la chamade, Alex lit la page 66 :

« *Vous devez maintenant accomplir l'acte d'héroïsme qui, comme nous vous l'avons déjà indiqué, marquera en cas de succès le début de votre aventure. Les trois personnages que vous êtes venus rencontrer vont dans quelques minutes vous mettre à rude épreuve. Afin que vous compreniez l'enjeu de votre prochaine mission, nous vous donnons ci-dessous un portrait rapide de chacun. Ensuite, rendez-vous page 69 pour connaître les nouvelles instructions.*

Le docteur Kamal a vécu au dix-neuvième siècle. Il était un anthropologue discret dont on n'entendit jamais parler. Pourtant on aurait pu lui

57

attribuer un surnom correspondant à sa manière très personnelle d'étudier les peuples lointains : Kamal l'anthropophage. Depuis le 11 décembre 1889, jour où il s'étouffa avec un os, il croupit dans une région de l'enfer réservée aux grands assassins. »

Alex grimace. Les deux autres portraits ne sont guère plus réjouissants :

« Boris Strogonov n'avait pas de surnom, mais un bon coup de hache. Bûcheron de son état, il n'avait pas son pareil pour abattre les arbres et les ébrancher. Vous devinerez sans peine pourquoi il fut condamné à mort en 1742 ; selon les estimations, il aurait décapité et démembré entre douze et soixante-douze victimes.

Le premier mari de Marthe Laponge avait cru épouser une femme. Il se rendit compte, trop tard, que c'était un monstre. La légende raconte qu'en comparaison la bête du Gévaudan était un caniche. Son intelligence diabolique en fit la criminelle la plus insaisissable de l'Histoire du crime. Elle ne fut jamais arrêtée et mourut en 1912, dans son lit, d'une crise cardiaque. »

Avec appréhension, Alex se rend page 69 pour lire ces instructions :

« Vous voici au bord de l'abîme. Les trois personnages présentés en page 66 viennent d'obtenir l'autorisation de quitter pour un temps le monde souterrain – une récréation en quelque sorte – afin de chercher ici, sur Terre, un peu de réconfort. Il vous est encore possible d'empêcher ce retour à la vie active, car il existe un moyen de leur barrer l'accès à votre monde. Pour ce faire, vous devrez descendre dans leur tombeau et remettre en place le couvercle de leur cercueil qui a été déplacé par des pilleurs de tombes. Choisissez bien et surtout faites vite ! Dès l'instant où vous achèverez la lecture de cette instruction, il ne vous restera que dix minutes pour agir. Passé ce laps de temps, et quel que soit le résultat de votre action, ouvrez votre livre page 79. »

Alex aimerait rire, comme à une blague de potache, mais une boule d'angoisse lui noue l'estomac. Sa montre marque zéro heure trois minutes. Il réprime un frisson puis s'approche d'un des tombeaux pour examiner l'intérieur à travers une grille piquée de rouille. Malgré l'obscurité, il parvient à distinguer le nom du docteur Kamal sur une plaque mortuaire émaillée. Il n'a bien sûr aucune envie de voir revenir à la « vie active » un type qui aimait déguster ses congénères en steak tartare, mais de là à descendre dans ce caveau sinistre… Un souffle glacé au léger parfum de salpêtre vient lui frôler le visage.

— Pas question ! lance-t-il en reculant.

Il essaie d'ouvrir son livre ; la couverture et les pages sont de nouveau scellées. Ses bras se hérissent de chair de poule. Il les frotte en pensant : « Le compte à rebours de l'épouvante a démarré ! »

Le jeu a commencé et lui, le joueur, ne peut plus reculer. Au fond, n'est-ce pas ce qu'il souhaitait ? Il se concentre, mâchoires serrées, comme s'il allait s'attaquer au record mondial de cracher de chewing-gum.

— C'est parti ! lâche-t-il enfin.

Avec rapidité, mais sans précipitation, il range son livre dans son sac, s'empare de sa lampe de poche qu'il allume. Il tire la grille d'entrée du caveau, qui s'ouvre dans un grincement métallique. À l'intérieur de la maisonnette de pierre, il trouve un escalier très raide qui le mène dans une salle voûtée. Comme annoncé, il découvre un sarcophage de pierre dont le couvercle a été posé par terre. Du faisceau de sa lampe il éclaire l'intérieur. Quelques ossements jaunâtres traînent au fond de la caisse, dont un crâne.

— Allez, au boulot ! dit-il à voix haute pour s'armer de courage.

D'une main, il tente de soulever le couvercle, mais celui-ci est beaucoup trop lourd. Il va devoir s'y prendre autrement. Il pose sa lampe sur le sol dallé et recommence l'opération. Grimaçant et grognant, il parvient à placer la plaque de pierre en appui sur le sarcophage. La poussière le fait éternuer. Il regarde sa montre.

— Oh non !

Il a déjà mangé trois minutes. Redoublant d'efforts, il réussit à faire basculer et coulisser le couvercle. Kamal l'anthropophage restera en enfer.

Le Batman des cimetières regagne la surface. Puis, sans se donner le temps de reprendre son souffle, il se précipite vers le tombeau de Marthe Laponge dont la grille est en partie défoncée. Il éclaire l'intérieur du tombeau. Le disque lumineux de sa lampe s'arrête sur la photo en médaillon d'une plaque mortuaire. La défunte fixe le garçon d'un regard si puissant qu'il en paraît vivant. Alex détourne les yeux pour examiner la grille qu'il lui suffit de pousser du pied. Une fois entré, il repère sous ses pieds une trappe qu'il va pouvoir soulever grâce à un anneau métallique. L'affaire se révèle relativement aisée… trop aisée.

Le cœur serré, il descend quelques marches et pénètre dans une minuscule pièce au plafond bas. Dans le mur face à lui, à un mètre du sol, s'ouvre une profonde alvéole carrée qui devait contenir le cercueil, mais il n'y est plus. Bizarre. Alex éclaire l'intérieur et se rend compte que la cavité n'a pas de fond, comme si elle débouchait dans une autre salle. Il se penche, y glisse son buste ; le faisceau de sa lampe se perd dans d'insondables ténèbres. Il frissonne, refusant d'envisager ce qu'il doit faire. Saisi d'un brusque accès de peur, il recule et explore le caveau avec sa lampe.

La chance est avec lui, car il aperçoit dans un coin, sous un bouquet de fleurs sèches, la dalle qui permettait d'obstruer la dernière demeure du monstre. Il ne prend pas le temps de réfléchir. Après avoir coincé sa lampe électrique dans la ceinture de son pantalon, il traverse le caveau.

— Outch ! C'est lourd, grogne-t-il en soulevant dans ses bras le carré de marbre blanc.

Il le transporte en traînant les pieds et parvient, après une rude bataille, à le remettre en place.

— Ça y est ! lance-t-il comme un cri de victoire.

Alex n'est pas peu fier de son exploit et, alors qu'il n'a jamais cru en Dieu, il remercie le ciel de l'avoir aidé. C'est à cet instant que la chance décide de l'abandonner. Sa lampe s'échappe de sa ceinture, se fracasse sur le sol de pierre et s'éteint.

— C'est pas vrai ! grommelle-t-il en récupérant l'objet qui n'a plus de verre.

L'ampoule n'est pas cassée, pourtant pas moyen de rallumer sa lampe de poche. À vue de nez, Alex estime qu'il lui reste deux minutes avant la fin du compte à rebours. Autant dire qu'il est trop tard. Il en déduit que son adversaire maudit sera Boris Strogonov. Tout en regagnant la surface à tâtons, il songe à ce qu'il devra faire pour éliminer cette créature. Devra-t-il la décapiter et lui enfoncer un pieu dans le cœur, comme avec un vampire ? Il réalise soudain qu'il raisonne comme si tout était déjà écrit. Or, il lui reste au moins… une minute trente secondes pour contrarier le destin ! Et comment tolérer qu'un bûcheron sanguinaire remonte des enfers s'il peut encore l'en empêcher ?

Alex surgit du tombeau de Marthe Laponge bras écartés, tel un zombie sortant de terre. Il fonce vers la sépulture du troisième damné. Là encore, il lui faut descendre plusieurs marches, cette fois dans le noir complet. Ses mains rencontrent une porte de bois qu'il tire sans peine. Curieusement, le battant n'émet aucun grincement en pivotant sur ses gonds. Tâtonnant en aveugle, il arrive à localiser un sarcophage qui occupe le centre du caveau et dont le couvercle n'est par bonheur que décalé. Le remettre en place ne lui prendra qu'un bref moment. Alerté par un léger bruit, il dresse l'oreille ; on aurait dit le craquement d'une articulation. Durant de longues secondes, il reste immobile, le souffle coupé. Un silence de mort règne dans le tombeau. S'il n'est pas déjà trop tard, à coup sûr, il ne lui reste guère de temps avant l'échéance fatale. Il s'arc-boute pour replacer le couvercle. Mission accomplie ! Boris Strogonov restera lui aussi en enfer ! Riant sans retenue, autant de soulagement que de nervosité, Alex se dirige vers la sortie. Mais là… le bruit se reproduit, suivi d'une sorte de frottement. Alex retient de nouveau sa respiration et perçoit, sans l'ombre d'un doute, celle d'un autre être humain…

9

Camille a peur

Pour la première fois de sa jeune vie, Alex est paralysé par la peur. S'il devait fuir, il en serait incapable, comme enfoncé dans le sol jusqu'aux épaules. L'homme ou l'animal – Alex n'ose imaginer qu'il puisse s'agir de Boris Strogonov – est tout proche et semble attendre… mais quoi ? Malgré son sentiment d'épouvante, l'adolescent parvient à remarquer que, comme la sienne, la respiration est profonde, presque haletante. Sa frayeur lui donne la nausée. La salive lui monte à la bouche. Il serre les dents, se plaque les mains sur les lèvres, des larmes coulent sur ses joues. La créature bouge ! Alex vomit son dîner. L'instant suivant, un claquement résonne dans la tombe.

Désorienté, au bord de l'évanouissement, Alex cherche la sortie. Quand ses doigts rencontrent enfin la surface de la porte, il pousse un cri de désespoir. Elle est fermée ! Et elle risque de le rester pour longtemps puisqu'il n'a pas été prévu de poignée pour sortir.

Suffoquant, l'adolescent insinue ses ongles entre le bois et la pierre… Peine perdue ! Une bouffée de panique lui fait battre le cœur à se rompre. Il donne des coups d'épaule dans le bois, puis des coups de pied, frappe, frappe… La porte cède d'un coup.

Le jeune intrépide jaillit du tombeau comme un damné poursuivi par un diable.

Moins de trois minutes plus tard, il retrouve l'endroit par où il s'est introduit dans le cimetière, laisse un autre morceau de pantalon au sommet du mur, saute sur le conteneur et goûte enfin aux délices de la liberté recouvrée. Couvert de poussière, blessé à une main, le front dégoulinant de sueur, il a une épaule à moitié démolie et son jean est bon pour le coffre à chiffons, mais il est en vie… et victorieux ! Quelques pas plus loin, un désir impérieux le prend de savoir quelle suite son livre va lui proposer, et surtout si c'est bien Boris Strogonov, le bûcheron de l'enfer, qu'il va devoir affronter. Il s'assoit au bord du trottoir et ouvre l'ouvrage à la page 79.

« Ainsi avez-vous réussi à pénétrer dans la tombe de ces trois damnés et à accomplir la mission que nous vous avions confiée. Nous pouvons donc considérer que vous méritez d'être le héros de ce livre, car, sachez-le, cet épisode n'était en vérité qu'une épreuve destinée à mesurer votre détermination, votre courage et votre sagacité. Vous ne manquez d'aucune de ces qualités. Elles vous seront utiles, voire vitales, dans un proche avenir. À présent, rentrez chez vous et reposez-vous. Votre aventure n'en est qu'à son prologue.

Demain matin, à sept heures cinquante précises, nous nous retrouverons en page 72. »

Pour être plus près de la vérité, le livre aurait dû formuler les choses ainsi : « Votre cauchemar n'en est qu'à son prologue », car une affreuse surprise attend Alex, éreinté, à son retour devant la porte de son appartement. Il constate qu'elle est verrouillée, ce qu'il n'avait pas prévu. Par chance, il a eu la présence d'esprit de prendre ses clés avant de partir en mission. Avec le doigté d'un gentleman cambrioleur, il tourne le verrou du haut, puis celui du bas. C'est en voulant tourner celui du milieu qu'il comprend qu'il ne pourra pas franchir cette porte ; sa mère a laissé la clé dans la serrure. Alex imagine déjà le cataclysme familial s'il est obligé de sonner…

Assis sur une marche, il reste un moment à se torturer les méninges pour trouver une solution. Passer par la façade ? L'appartement est au troisième étage. C'est dangereux, mais possible. Et ensuite, lui faudra-t-il casser un des carreaux de la fenêtre de sa chambre ? Peut-être devrait-il consulter son livre, pour vérifier s'il ne s'agirait pas là du début d'une nouvelle épreuve.

Les pages 66 et 69 n'ont pas changé. En revanche, il fait un constat qui le laisse pantois. Au début de l'ouvrage, après le texte d'avertissement et la liste des consignes, quinze pages ont été modifiées. Maintenant, elles contiennent un récit qui n'est autre que celui de sa propre aventure. Le premier chapitre commence ainsi :

« Dans un couloir du collège Lafayette, à la sortie d'un cours de maths ennuyeux à mourir, Alex surprit une conversation entre deux garçons de sa classe.

— Mais si, je te jure ! C'est dingue, y'a tout ce que tu veux pour cauchemarder, assura Benjamin, un garçon rondouillard et enthousiaste.

— Tu y es allé ? lui demanda son camarade tout en lorgnant la fille qui marchait devant lui. »

Si Alex avait encore des doutes sur le caractère surnaturel de ce qu'il lui arrive, il n'en a plus. Il parcourt encore quelques lignes qui lui font revivre le moment où il a appris l'existence de la librairie du Styx. Un sourire illumine son visage crasseux en lisant l'entrée en scène de Camille :

« *Benjamin cesse de mâcher pour observer son camarade. Tout à coup, celui-ci le saisit au col et le secoue en grognant. Une adolescente pimpante entre à cet instant dans la petite salle du foyer.*

— Salut, les garçons ! Oh, c'est la saison des amours ? »

Tout à coup, une idée lui traverse l'esprit : Camille ! Et s'il allait lui demander de l'aide ? Après tout, il lui a promis de le faire s'il se sentait mal. Or là, il est loin de se sentir bien. Il se lève et dévale l'escalier, excité comme un gosse partant jouer après deux heures de devoirs scolaires.

Le voici au pied de l'immeuble où Camille vit seule avec sa mère. Il faudrait d'abord qu'il la réveille, par exemple en jetant des cailloux contre les volets de sa chambre située au premier étage. Il regarde autour de lui ; à part des crottes de chien, il ne voit rien qui puisse lui servir de projectile.

Il pourrait chanter une sérénade, mais il n'en a ni le cœur ni la capacité. Il observe l'immeuble, calcule son coup, hésite, puis finalement se décide : « Au point où j'en suis », pense-t-il.

Il escalade la façade en s'aidant de la gouttière et du rebord des fenêtres, s'agrippe à la rambarde de la chambre de la jeune fille, cale ses baskets sur les reliefs du mur, puis commence à frapper au volet. Après une dizaine de coups, la lumière s'allume enfin, la fenêtre s'ouvre. Une voix ensommeillée derrière les volets demande :

— Qu'est-ce que c'est ?

— C'est moi, Alex !

— Alex ?!

— Chuuut !

Dix secondes plus tard, il est chez la belle, craquante dans son pyjama rose. Les mains sur la bouche, les yeux écarquillés, elle le considère sans parvenir à prononcer une parole. Il essaie de sourire, mais il a plutôt envie de lui tomber dans les bras et d'éclater en sanglots.

— Tu sors d'où ? finit-elle par lui demander.

— Si je te le dis, tu ne me croiras pas.

— Mais tu saignes ! On t'a battu ? Qu'est-ce qui s'est passé, Alex ?

Le garçon aimerait lui répondre, mais sa gorge se noue, des larmes perlent à ses yeux. « Je vais pas me mettre à pleurer ! » peste-t-il en pensée contre lui-même.

— D'accord, on remet les confidences à plus tard, dit Camille. Suis-moi, je vais te soigner.

— Et ta mère ?

— Avec la dose de somnifère qu'elle avale pour s'endormir, elle n'entendrait pas un avion s'écraser sur la maison.

Une fois le héros pansé et lavé, les deux collégiens reviennent dans la chambre et s'assoient en tailleur sur le lit.

— Et maintenant, est-ce que tu veux bien m'expliquer ? interroge Camille.

— Je ne suis pas sûr que ça te plaise.

— Ça, c'est à moi de juger. Annonce, tu verras bien…

Il acquiesce, mais au lieu de lui faire le récit de sa soirée, il sort le livre à la couverture argent et l'ouvre.

— Tu as réussi à décoller les pages ? constate-t-elle.

— En fait, elles se collent ou se décollent selon les circonstances.

— Tu peux décoder, s'il te plaît ?

— Lis ça.

Elle s'empare de l'ouvrage, se cale contre le dossier capitonné de son lit et commence à lire.

Alex ne la quitte pas des yeux, il devine aux expressions de son visage les différents événements qu'elle est en train de découvrir. De temps en temps, elle lève vers lui un regard interrogateur, et, chaque fois, il l'invite à poursuivre. Au dernier paragraphe de la page 20, elle apprend comment il s'y est pris pour escalader la façade de son immeuble. Ensuite, les pages sont scellées. Elle referme lentement le livre. Son visage a pris une blancheur de porcelaine, ses doigts tremblent un peu.

— Alex, j'ai peur, lâche-t-elle après un long silence.

Il ébauche un sourire.

— Pourquoi ?

— Pourquoi ? répète-t-elle, effarée. Tu me demandes pourquoi ? Non, mais je rêve !

— Rien ne dit que c'était Strogonov, le type dans la tombe. D'ailleurs, je ne suis même pas sûr que ça se soit vraiment passé comme ça. Peut-être était-ce le gardien du cimetière qui faisait sa tournée, ou l'écho de ma propre respiration… Faut pas avoir peur, Camille, je te jure que tu n'as rien à craindre.

— Mais, Alex, ce n'est pas pour moi que j'ai peur ! Tu es en train de te faire avoir, est-ce que tu t'en rends compte ?

— Tu crois au diable ? s'étonne le garçon. Je pensais que tu ne croyais en rien.

— Comment tu peux dire ça ? Tu ne sais rien de moi.

Il baisse les yeux.

— C'est vrai. Excuse.

Elle lui prend une main, celle qui n'est pas bandée, et poursuit avec douceur :

— Il faut que tu rapportes ce livre. Il est maudit. C'est un piège démoniaque ; si tu plonges, t'es fichu.

— Qu'est-ce que tu en sais ?

— Ça fonctionne comme une drogue. En jouant sur tes fantasmes, tes désirs, tes frustrations. Ça utilise le moindre de tes points faibles. C'est clair, non ? Qu'est-ce qu'il te faut de plus ?

Il ne la regarde plus dans les yeux. Il sait qu'elle a raison, mais en lui brûle un feu, un feu dévorant, qui confine à l'envoûtement. Et puis, il y a Strogonov, car il sait bien qu'il n'a pas été victime d'une hallucination auditive...

Camille perçoit son état d'esprit, ce qui accentue encore son anxiété.

— Je t'en supplie, Alex, fais-moi confiance. Tu dois te débarrasser de ce livre. Si tu ne le fais pas pour toi, fais-le pour moi.

— Du chantage ?

— C'est comme ça que tu comprends l'amour ? réplique-t-elle, le cœur serré de déception.

Il hausse les épaules, se prend le visage dans les mains.

— J'en peux plus, Camille. Il faut que je me repose, pour y voir plus clair. Ça ne te fait rien si je reste un peu ici, une heure ou deux, pas plus ? Je partirai avant l'aube.

Elle sourit et lui passe une main dans les cheveux. Ses lèvres s'entrouvrent pour laisser échapper quelques mots, des petits mots de rien du tout, mais qui valent plus que tout.

— Je t'aime, tu sais.

Elle les prononce si faiblement qu'Alex ne les entend pas. Il s'est allongé et dérive déjà vers le sommeil…

Camille se rassure en pensant qu'à chaque jour suffit sa peine.

10

L'aventure continue… mal

Le lendemain, aux aurores, Alex s'apprête à affronter le cataclysme familial. Il s'y est préparé durant tout le trajet de la chambre de Camille à la porte de chez lui. Il prend son souffle, se concentre comme un athlète avant l'épreuve… et presse le bouton de la sonnette.

À la stupeur maternelle succède vite la colère, puis les larmes, puis la séance d'explications dans le salon en présence de l'autorité paternelle… qui a bien du mal à dissimuler un sourire en apprenant que son rejeton sort de la chambre d'une fille.

— Ce n'est pas vrai ! Je ne te crois pas ! s'écrie Mme Ascoët. Je suis sûre que tu étais avec tes copains à faire je ne sais quelle bêtise…

— Mais non, maman, qu'est-ce que tu vas chercher ?

— Et ça ! Et ça ! aboie-t-elle en désignant les accrocs dans les vêtements de l'adolescent. Mais peut-être que c'est une tigresse, ta copine ? Et qu'elle habite dans une cave ? Tu as vu tes cheveux, pleins de poussière ? Et ta main ! Fais voir ta main... Gérard, je t'en prie, dis quelque chose. Je n'en peux plus.

— Ce serait pas plutôt un vampire, ton amie ? suggère M. Ascoët, goguenard.

À bout de patience, Alex lance :

— Et puis zut ! Si ça peut vous faire plaisir : oui, j'ai fait des conneries ! Figurez-vous que je suis allé me promener dans un cimetière, que j'ai visité des caveaux, et puis voilà. C'était très marrant.

La gifle part sans prévenir, mettant fin aux confidences.

— Va te laver, on en reparlera ce soir, conclut Mme Ascoët.

Le garnement ne se fait pas prier.

Trois quarts d'heure plus tard, il sort de la salle de bains métamorphosé en collégien bien propre. Sa mère revient à la charge, mais avant qu'elle termine sa récrimination, Alex se rend compte qu'il est presque huit heures moins dix.

— Une urgence ! Excuse, m'man !

— Quoi ? s'étrangle sa mère.

Il s'enferme dans les toilettes avec son livre.

« Le jour se lève et avec lui quelques millions d'êtres humains. Parmi eux se trouve un personnage qui vous est complètement étranger, mais dont le sort ne saurait vous être indifférent. Il s'appelle José Carboni.

Trouvez-le ! Vite !

Quand ce sera fait, rendez-vous à la page 47. »

Alex sort des toilettes, perplexe et contrarié. Perplexe parce qu'il se demande comment s'y prendre pour retrouver un homme dont il ne connaît que le nom ; contrarié parce qu'il doit agir vite et qu'il va lui falloir choisir entre le collège et Carboni. Tout en s'habillant dans sa chambre, il réfléchit : le collège, il en profite tous les jours, mais ce n'est pas tous les jours qu'il vit une aventure palpitante. La conclusion s'impose : il séchera les cours. Oui, mais si ses parents l'apprennent ? Il se mord les lèvres, indécis. Finalement, il se rassure en se disant que si cela arrive, ils croiront que leur fils fait sa crise d'adolescence. Et ils l'enverront chez le psychologue. En fait, le pire serait qu'ils le privent de sortie pour un mois… Horreur ! un mois sans voir Camille !

Au lieu de se rendre au collège, Alex file donc au bureau de poste le plus proche où il pense n'avoir aucune difficulté à trouver ce José Carboni, s'il existe. Hélas ! sa recherche sur Minitel n'aboutit pas. « Pas de Carboni au bataillon ! » regrette-t-il, anxieux. Il consulte sa montre : neuf heures moins vingt. Le cours d'anglais est commencé depuis dix minutes… Il imagine Camille qui, peut-être, s'angoisse de son absence. Elle pensera qu'il a eu une panne d'oreiller. Logique, avec la nuit qu'il a passée. Mais, dans une heure, s'il n'est toujours pas arrivé… Une idée lui traverse l'esprit : effectuer une recherche sur Internet. Il se précipite sur le terminal proposé en libre-service à la clientèle de la Poste. Après quelques minutes, un moteur de recherche lui déniche enfin une information intéressante. Un José Carboni, sculpteur, possède un site Internet sur lequel il expose ses œuvres. Le style est assez étrange et tourmenté, mais original. En explorant le site, Alex découvre des pages consacrées aux « Mystères de la mort », à la réincarnation, aux enfers et aux paradis des mythes et des religions. Il finit par trouver l'adresse du personnage, qui se dit « expert-thanatologue », c'est-à-dire spécialiste de la mort. Bingo ! Il habite dans les environs, une petite commune de la périphérie de la ville, située tout de même à quinze kilomètres ! Alex soupire. Le temps d'y aller, d'enquêter, de revenir, il ne sera pas de retour pour le dernier cours de la matinée. Sauf s'il met le turbo ! Il quitte le bureau de poste comme une tornade, attrape un bus, saute dans un autre, court, vole et, à peine une heure plus tard, s'arrête devant le modeste pavillon de l'artiste et presse le bouton de la sonnette.

Des sculptures faites de métal de récupération et d'ustensiles ménagers se dressent dans le jardin. Alex contemple avec une certaine inquiétude des corps tourmentés, pour ne pas dire torturés, des animaux fantastiques, une statue en pierre de lave noire représentant un dieu de la mythologie égyptienne. Alex s'apprête à sonner une seconde fois quand la porte d'entrée s'entrebâille. Une dame assez âgée apparaît sur le perron, visage fermé, méfiante.

— Qu'est-ce que c'est ?

— J'aimerais savoir si M. Carboni est là, s'il vous plaît ?

— Qu'est-ce que vous lui voulez, à mon fils ?

— Heu… Rien. Juste lui parler… de ses sculptures ! répond l'adolescent soudain inspiré.

Je prépare un exposé au collège sur l'art récupératoire.

— L'art quoi ?

— Oui, c'est un nouveau genre. L'art de faire de l'art avec la récup, si vous préférez.

Alex essaie de rester naturel, mais est persuadé d'en faire trop.

— Il est parti chercher du matériel, finit par cracher la dame. À la Scoratex.

— Ah oui ! L'usine abandonnée près de l'autoroute ?

— C'est ça. Vous voulez l'attendre ici ?

— Non, merci. Je reviendrai. Au revoir, madame.

L'usine Scoratex, se lamente Alex en s'éloignant, c'est au fin fond de la zone industrielle, autant dire au bout du monde. Il sort son livre et tente de l'ouvrir à la page 47, mais bien sûr elle est inaccessible. Il n'a donc pas le choix : s'il veut aller jusqu'au bout de cette histoire *dont il est la victime*, il a l'obligation de retrouver ce type. Et quand ce sera fait, que lui racontera-t-il ? Le coup de l'exposé risque d'apparaître un peu léger comme prétexte. N'ayant aucune idée de ce qui l'attend dans cette usine, Alex se résigne à s'y rendre sans se poser de questions, mais il se promet que si c'est encore une blague morbide de cette saleté de bouquin, il le rendra à Natas, et sans regret !

Tandis que l'adolescent essaie de gagner la zone industrielle au plus vite, José Carboni pénètre par un portillon métallique dans l'usine désaffectée de la Scoratex. Suivant les instructions du livre qu'il a acheté voilà quelques jours dans la nouvelle librairie de la rue des Martyres, il se hâte vers le fond de l'immense bâtiment de tôle. Au passage, il considère en connaisseur les enchevêtrements de tuyaux et les cuves reliées entre elles par des passerelles. Des vestiges de rails sillonnent le sol de béton. Çà et là traînent des barres à mines, des morceaux d'aluminium, des bidons d'essence défoncés… autant de matériaux de choix pour un sculpteur de son style. Parvenu à l'autre extrémité du bâtiment, il repère comme le lui a demandé son livre les empilements de barils jaunes au milieu desquels il doit se cacher. Il faut qu'il puisse bénéficier d'une vue assez large sur l'espace qui s'étend entre les grandes portes coulissantes du fond et les cuves qui se dressent à gauche. Il se donne du temps pour s'installer, car il sait qu'il est en avance.

Une fois en place, il prend une profonde inspiration. Il a le trac. Son livre lui a promis un rendez-vous avec la mort « absolument stupéfiant », une rencontre avec un être d'outre-tombe, un envoyé de Seth, dieu égyptien et personnification du Mal, celui-là même qu'il a sculpté en pierre de lave. Enfin, espérons qu'il s'agira bien d'une rencontre et non d'une confrontation. Son livre lui a clairement indiqué qu'il serait seulement spectateur, à la condition qu'il ne bouge pas, d'une « scène d'une puissance émotionnelle inouïe ». De surcroît, elle lui apporterait des réponses à ses obsessionnelles interrogations sur la mort et l'au-delà. L'être en question – doit-il le nommer l'Envoyé ? – lui a déjà valu une sacrée frayeur. C'était la nuit dernière, dans le vieux cimetière Saint-Blaise. Le livre à couverture argent lui avait donné des instructions chronométrées à la seconde pour qu'il puisse assister à la *sortie* du fameux Envoyé. Mais la rencontre ne s'était pas tout à fait déroulée comme prévu. Carboni devait descendre dans le caveau d'un certain Boris Strogonov, sans lumière afin de ne pas effrayer le revenant, puis attendre dans un coin qu'il quitte le royaume des morts. Le sculpteur s'en veut aujourd'hui de ne pas avoir réussi à tenir le coup. Pour sa défense, il faut dire qu'il est de constitution fragile, puisque victime d'une malformation congénitale du cœur. Sentir son cœur s'emballer jusqu'à la douleur lorsqu'il avait entendu le souffle du revenant lui avait fait craindre la crise cardiaque. Malgré tout, il aurait sûrement tenu jusqu'au bout si l'Envoyé n'avait soudainement poussé une sorte de beuglement répugnant. Ç'avait été la goutte d'émotion en trop. Il s'était enfui, refermant violemment derrière lui la porte du caveau… Une inquiétude le saisit brutalement : et s'il avait enfermé l'Envoyé ? Espérant trouver une réponse, il sort son livre de la poche droite de sa blouse de travail, puis l'ouvre à la page 63.

« Ne vous faites pas de souci. Celui que vous êtes venu rencontrer ne va plus tarder. Attendez-vous cependant à voir arriver avant lui un garçon d'une quinzaine d'années. Il paraîtra indécis, craintif. Il vient lui aussi, mais sans le savoir vraiment, au-devant de la mort. Quoi qu'il lui arrive, n'intervenez pas ; votre propre vie serait en danger. Nous insistons : n'intervenez pas !

Lorsque tout sera terminé, retrouvez-nous en page 88. »

José Carboni essaie de se rendre à la page indiquée, mais comme cela s'est produit précédemment, elle est collée aux autres feuillets. Il range son livre et s'efforce de maîtriser son émotivité. Ses doigts tremblent, pourtant son cœur garde un rythme raisonnable, pour l'instant…

11

Émotions fortes pour tout le monde

Après une interminable attente, un raclement métallique avertit enfin José Carboni que sa patience va être récompensée. Accroupi au milieu des barils puants, il avance la tête avec précaution. Un adolescent en jogging vert vient de s'introduire dans l'usine en écartant les hautes portes coulissantes. Il avance d'un pas incertain, les mains dans les poches, jetant des regards inquiets à la ronde. Carboni l'observe en pensant qu'il s'agit sûrement d'un garçon du voisinage. Il a le teint mat des Nord-Africains, la démarche d'un jeune des cités.

« Qu'est-ce qu'il vient faire là ? » Un vague et désagréable pressentiment l'étreint. Ce garçon est en danger, c'est lui qui a rendez-vous avec la mort. « Oh, mon Dieu, se lamente le sculpteur en pensée, mais que faire ? » L'adolescent est tout aussi anxieux. Son livre lui a promis un nouveau « spectacle de choix », mais il a été plus ambigu que la dernière fois. Il a formulé les choses ainsi :

« *À l'usine abandonnée de la Scoratex, dans la zone industrielle nord, vous pourrez être cette fois parmi les acteurs. Le danger ne sera pas absent, mais si tout se passe bien, vous ne regretterez pas le déplacement. Nous vous proposons de faire connaissance avec un avaleur d'ombres et vous donnons ci-dessous les conditions et horaires à respecter scrupuleusement.* »

Nico avait cherché dans son dictionnaire la définition d'« avaleur d'ombres », mais n'avait trouvé que celle de l'avaleur de sabres. Une intuition lui disait bien que ça ne devait pas être le même genre de saltimbanque, mais enfin… il est quand même venu, quitte à obéir à une *connerie de bouquin qui lui cause*. Son regard se pose sur les montagnes de vieux barils dont chacun porte une tête de mort. Un avertissement ? Nico se donne encore dix secondes et après, « À tchao, bonsoir ! ». Il ignore bien sûr qu'au même instant, son copain de classe, Alex Ascoët, approche de l'usine, par l'autre entrée.

86

Alex se dit que dans son malheur, il a de la chance que le livre ne l'ait pas expédié dans cette zone industrielle en pleine nuit. Même la journée, malgré la circulation des camions et le vacarme des usines pétrochimiques environnantes, le site respire la mort.

— Bon, et maintenant qu'est-ce que je fais ? se demande-t-il tout en longeant l'enceinte grillagée de la Scoratex qui autrefois fabriquait des poisons chimiques.

Il fixe son attention sur une fourgonnette blanche, garée devant le portail. Certainement appartient-elle à Carboni. Sans s'attarder à contempler le site délabré, Alex franchit la grille dont un des battants gît dans la boue, puis il traverse une vaste avant-cour. Avec une appréhension grandissante, il approche d'un gigantesque hangar de tôle dans lequel il pénètre par un portillon de fer. Il s'enfonce dans ce décor morne, songeant à l'époque où travaillaient dans le bruit et la fumée des armées d'ouvriers en uniforme bleu. Ce devait être l'enfer ; aujourd'hui c'est le paradis des courants d'air… et des récupérateurs. Un bruit métallique résonne tout au fond de l'usine, derrière des empilements de gros bidons jaunes. Le cœur d'Alex accélère légèrement. Il déteste ce genre d'endroit et les fantômes qui le hantent. Il n'y fera pas de vieux os ; un bonjour et salut la compagnie ! Il a assez d'imagination pour inventer une raison crédible à sa présence en ces lieux insalubres. Si Carboni le questionne, il dira par exemple qu'il fait du repérage pour une rave-party sauvage…

Nico vient de donner un coup de pied dans un morceau de tuyau en fonte. Il tire de son jogging son livre argenté et l'ouvre, comme convenu, à la page 69.

« *Maintenant ne bougez plus. Fermez les yeux et, quoi que vous entendiez, ne faites pas un geste. Si tout se passe bien, nous pourrons nous retrouver en page 25.* »

Nico hésite, s'interrogeant sur le but de cette comédie. Finalement, il consent à fermer les yeux. Poings sur les hanches, planté près des barils dans une attitude agacée, il attend. Son ouïe ne tarde pas à capter des sons. Quelqu'un approche… dans son dos. Il frissonne et résiste avec peine à l'envie de se retourner. Il résiste, résiste… Et puis tant pis ! Il se retourne.

Devant lui se dresse un être sans visage, une forme noire vaguement humaine. Quelque chose brille dans sa main droite, tandis que la gauche saisit l'adolescent au col. C'est une lame, une longue lame ondulée…

De sa cachette, José Carboni étouffe un cri. C'est son kriss ! Cette dague à lame serpentiforme n'est autre que le précieux souvenir qu'il a rapporté d'un voyage en Malaisie et qu'un cambrioleur lui a volé, pas plus tard qu'hier, alors même qu'il travaillait dans son atelier…

L'agresseur, vêtu d'une combinaison noire qui l'enveloppe intégralement, plaque sur le cou de Nico la lame luisante du kriss.

— Non, m'sieur, j'ai rien fait ! supplie l'adolescent, impuissant. S'il vous plaît, me tuez pas ! C'est vous, l'avaleur d'ombres ? Hein, c'est vous ?

La silhouette noire garde un mutisme éprouvant. Nico, grimaçant de douleur et de peur, l'entend qui râle comme un fauve. Il sent la lame mordre sa gorge mais hésiter.

— S'il vous plaît, monsieur ! pleure Nico qui se laisse lentement glisser à genoux.

Alex s'immobilise en entendant des bruits de voix au fond de l'usine. Sourcils froncés, il se dit : l'artiste récupérateur ne serait donc pas seul ? Bizarre… Un cri fuse :

— Ne faites pas ça !

L'adolescent sent son cœur se serrer comme une éponge. Résonnent alors une série de chocs et d'éclats de voix, comme lors d'une bagarre. Et soudain, Alex voit surgir de l'empilement de barils un homme qui titube en se tenant le torse. Tétanisé, il s'attend à voir apparaître un second individu, sans doute armé d'un poignard. Le type en détresse court vers lui, poussant d'incompréhensibles avertissements. Il s'effondre à quelques pas d'Alex, qui enfin se porte à son secours.

— Qu'est-ce qui vous arrive ? M'sieur, vous m'entendez ? hurle-t-il, affolé.

Recroquevillé sur lui-même, José Carboni ne parvient pas à dominer sa douleur. Curieusement, Alex ne remarque aucune trace de sang, ni sur les mains, ni sur les vêtements du sculpteur.

— Je vais chercher du secours, annonce-t-il.

— Non ! Ne… ne me laissez pas ! S'il vous plaît ! supplie l'homme avec un fort accent italien. Il va voler mon âme.

— Qui ? Qui, m'sieur ? demande Alex en jetant un regard vers la muraille de barils jaunâtres.

Si un tueur surgit, comment devra-t-il réagir ? Fuir en abandonnant ce pauvre gars à un funeste sort ou engager le combat, au péril de sa propre vie ? Il repère à proximité une barre de fer. Et si l'assassin possède une arme à feu ?

— Emmenez-moi, le supplie Carboni.

— Oui, bien sûr. Vous pouvez marcher ?

L'homme acquiesce de la tête en essayant de se redresser. Alex passe par-dessus ses épaules le bras gauche du moribond et l'aide à se relever. Au prix d'une atroce souffrance, ce dernier parvient à avancer. Un choc métallique dans leur dos les fait tressaillir. Alex jette un coup d'œil derrière lui : tout au fond de l'usine se dresse une grande silhouette sombre, immobile, les bras ballants. Il fait jour dans l'usine, pourtant il lui est impossible de distinguer les traits de son visage.

— Qui c'est ? se renseigne-t-il.

— Un… un avaleur d'ombres.

12

L'engrenage infernal

Les jambes de Carboni cèdent à cet instant. Alex, malgré sa corpulence et sa vaillance, ne peut le retenir et s'affale avec lui sur le béton. Il aperçoit alors un objet luisant, qui dépasse de la poche droite de la blouse du sculpteur, un livre à couverture argentée. D'une main tremblante, Alex tire l'ouvrage, mais il n'a pas besoin de le sortir complètement pour découvrir son titre : *Le livre dont vous êtes la victime*.

Le sculpteur, dont le front ruisselle de sueur, dévisage l'adolescent avec un étrange sourire.

— Tu en as acheté un, n'est-ce pas ? articule-t-il.

— Oui.

— Alors ce n'est pas toi qui pourras me sauver. Laisse-moi.

Alex n'a pas l'intention de s'en aller, mais il s'aperçoit que l'avaleur d'ombres se dirige vers eux. Son allure est étrange, comme s'il venait de prendre un coup sur la tête.

— Monsieur, il arrive ! annonce Alex d'une voix blanche. Vite, il faut que vous marchiez jusqu'à votre fourgon, c'est moi qui conduirai. Allez !

Le masque de la mort se lit sur le visage du sculpteur. Il n'est plus capable de se lever et encore moins de fuir. Il secoue la tête et lâche dans un murmure :

— Va-t'en... Tout de suite !

— Qui c'est, ce type ? Pourquoi il vous a attaqué ?

— La mort... l'Envoyé de Seth... Ah !

José Carboni est pris d'une brusque convulsion et perd connaissance. Peut-être est-il mort ? Alex ne prend pas le temps de l'examiner, car l'assassin approche. Et vite ! Il ne marche plus, il court. L'instinct de survie s'empare violemment du garçon. Il déguerpit au triple galop. En franchissant le portillon, il tombe nez à nez avec une femme qui pousse un petit cri de surprise.

— Tirez-vous ! hurle le garçon en fuyant.

La femme en jean et veste de tailleur bleu marine s'empare dans son sac à main d'un pistolet brillant. Elle arme la culasse et, en policier expérimenté, pénètre dans l'usine. L'avaleur d'ombres s'immobilise en l'apercevant, et en un clin d'œil disparaît derrière une cuve rouillée. En deux secondes, elle analyse la situation : un cadavre, un type bizarre qui s'esquive… Elle enrage d'être arrivée trop tard. C'est son livre à couverture argent qui l'a trompée en lui donnant un horaire trop serré, volontairement, c'est évident ! Elle s'approche du corps, applique un pouce sur la jugulaire du malheureux pour constater qu'il a cessé de vivre. Puis elle part en chasse.

Elle revient bientôt, convaincue que l'assassin est déjà loin. Sur le cadavre de Carboni, elle trouve un livre en tout point semblable à celui qu'elle a acquis à la librairie du Styx. Elle l'ouvre, parcourt rapidement le récit, puis lit avec plus d'attention les pages 27 et 28. Les suivantes, plus d'une centaine, sont vierges.

« *José Carboni, les yeux exorbités d'horreur, regarda approcher du garçon la silhouette obscure de l'avaleur d'ombres. Il aurait voulu hurler "Attention !". Sa bouche était comme bâillonnée. Soudain, Nico se retourna. La réaction de l'avaleur d'ombres fut foudroyante, il saisit le jeune au col, l'attira à lui, lui plaqua son kriss sur la gorge. Carboni ferma les yeux.*

— Non, m'sieur, j'ai rien fait ! supplia l'adolescent, impuissant. S'il vous plaît, me tuez pas ! C'est vous, l'avaleur d'ombres ? Hein, c'est vous ?

Le mutisme du tueur de Seth était comme une torture mystique avant le sacrifice. Le sculpteur entendait sa respiration rauque et rapide.

— S'il vous plaît, monsieur ! gémit Nico, en larmes.

N'y tenant plus, le sculpteur ouvrit son livre à couverture argent et lut page 88 :

> *"L'avaleur d'ombres doit accomplir son œuvre. Si vous essayez de l'en empêcher, il sera obligé d'avaler aussi votre âme. Ainsi venez-vous de découvrir un des secrets de la mort. Elle vient à vous comme un voleur. Inutile de vous opposer à elle. La fin lui appartient."*

Si vous décidez malgré tout d'intervenir, seule la page 100 vous sera accessible. »

Par curiosité, la femme tourne les feuillets vierges et découvre, seul au milieu de la page 100, le mot « *Fin* ». Elle réprime un frisson, puis reprend sa lecture.

« *José Carboni savait qu'il n'avait pas l'étoffe d'un héros, et, pour tout dire, il admettait sans honte être lâche devant le danger. Pourtant, il referma son livre, se leva et cria :*

— Ne faites pas ça !

L'avaleur d'ombres tourna la tête, aperçut l'artiste.

— S'il vous plaît, laissez-le vivre et prenez mon âme en échange. Je... je ne me livre pas à Seth, mais j'implore les autres dieux, les dieux de lumière, de venir à mon secours. C'est une épreuve... je le sais, une épreuve de foi...

Le tueur encagoulé parut complètement déboussolé. Il lâcha sa victime qui s'effondra comme une poupée de chiffon. Carboni se rua vers l'avaleur d'ombres, mains en avant. Celui-ci l'esquiva et lui porta un violent coup de poing à la tempe. Le héros sacrificiel s'étala de tout son long. Groggy, il tentait de se relever, tandis que l'avaleur d'ombres levait son kriss et... reçut un coup de tuyau derrière les oreilles. À son tour de s'étaler sur le sol cambouiné de l'usine. Nico, abasourdi d'une victoire aussi rapide ou peut-être de se constater encore en vie, resta figé quelques secondes, son morceau de tuyau à la main. Alors Carboni se releva et s'enfuit en titu-

bant. Nico laissa tomber son gourdin de fortune et
déguerpit à son tour par où il était venu, se jurant
qu'on ne l'y prendrait plus. »

La femme referme le livre et demeure pen-
sive. Puis, à son tour, elle sort de son sac à main un
livre à couverture argent. Elle l'ouvre page 72.

« Vous reste-t-il un doute ? Alors mettez-vous
en chasse, sérieusement ! Nous vous aiderons, à
la condition bien sûr que vous respectiez nos
instructions à la lettre.
Prochain rendez-vous page 42. »

13

Camille entre dans le piège

Alex traverse des kilomètres de zone industrielle sans cesser de courir. Fréquemment, il se retourne, redoutant d'apercevoir l'avaleur d'ombres à ses trousses, à pied ou dans la camionnette de Carboni. Finalement, à bout de forces, il se met à marcher. Il est entré dans un secteur beaucoup plus sécurisant, avec des bâtiments modernes de bureaux, quelques piétons et un trafic de voitures régulier. Il s'écroule sur le banc d'un abribus. Adossé à la paroi vitrée, il reprend son souffle et s'efforce de recouvrer ses esprits. Jusque-là, son aventure ne comportait qu'un caractère étrange, morbide certes, mais plutôt excitant. Maintenant qu'elle tourne au cauchemar sanglant, ça ne l'amuse plus du tout ! Et qui était cette femme ?

Est-ce qu'elle est… Il se met en colère contre lui-même :

— Quel trouillard !

Une belle lavette, oui. Il a détalé comme un lapin, laissant à la merci d'on ne sait quel sadique maniaco-déjanté une femme sans doute venue retrouver son ami sculpteur.

Il se passe les mains sur le visage et dans les cheveux.

— Bon, calmons-nous, se raisonne-t-il. D'abord, il faut que je prévienne les flics…

Ce qu'il fait, de façon anonyme et en termes brefs, de la cabine téléphonique accolée à l'abribus. Il revient s'asseoir, extrait de son sac à dos son livre maléfique, puis l'ouvre à la page 47.

« Vous voici de plain-pied dans l'aventure. Bien entendu, cela ne fait que commencer puisqu'il vous reste tout un roman à écrire. Vous vous interrogez naturellement sur ce personnage nouveau qui vient d'entrer dans votre intrigue et dont vous avez entrevu la silhouette dans l'usine. Vous connaissez déjà sa qualité : avaleur d'ombres. De quoi s'agit-il ? À une certaine période de l'histoire égyptienne, au temps des pharaons, le terme "avaleur d'ombres" servait à désigner les assassins, en référence au lien unissant l'ombre des

hommes et leur âme. Dans votre histoire, il ne s'agit pas tout à fait du même genre d'individu. Ceux de l'Égypte antique ne s'intéressaient le plus souvent qu'à l'argent, le vôtre pas du tout. Contrarier sa mission sera votre combat.

Avant de poursuivre, il vous faut prendre une décision.

Vous disposez chez vous d'une somme d'argent. Vous auriez intérêt à l'investir dans l'achat d'une arme. Mais le ferez-vous ?

Si votre réponse est positive, rendez-vous page 58, mais seulement après votre achat.

Si votre réponse est négative, rendez-vous tout de suite page 102. »

Alex secoue la tête. Non, cette fois la plaisanterie a assez duré ; la ligne rouge a été franchie. Il n'ira ni page 102, ni 58, et cessera d'ailleurs de se laisser mener par le bout du nez par ce *livre dont il est le dindon*. Par contre, il va se hâter de gagner le collège. À onze heures à peine passées, il a encore le temps d'y être pour la sortie de midi. Il imagine la surprise de Camille lorsqu'elle le verra l'attendre de l'autre côté de la grille. Peut-être sera-t-elle heureuse de le retrouver…

Quand Camille aperçoit Alex, ses yeux s'arrondissent de surprise. Puis bien vite l'inquiétude succède à la joie.

— Alex, mais qu'est-ce que tu fiches là ? demande-t-elle. Pourquoi tu n'es pas venu ce matin ?

— Est-ce qu'on peut déjeuner ensemble ?

À l'air contrarié de la jeune fille, il comprend que sa proposition tombe mal. Il enchaîne :

— Bof, ça fait rien. On se verra tout à l'heure.

— Non, c'est que… j'ai promis à Claire et Laura de les rejoindre au café du Marché. Est-ce que tu as un problème ?

Le garçon laisse planer un court silence avant de lâcher :

— Un gros.

— Alors tant pis pour les filles, on reste ensemble !

Ils achètent des sandwichs et des boissons gazeuses dans un fast-food, puis se rendent dans un jardin public à deux pas du collège. Ils s'installent sur un banc et, enfin, Camille peut questionner son ami :

— Alors, c'est quoi, ton problème ?

Son ton est neutre, voire un peu distant, comme si rien ne s'était passé cette nuit, mais son apparente décontraction cache mal son véritable état d'esprit.

— Il vaudrait mieux que tu lises, répond Alex en lui tendant le livre à couverture argent.

— Non, s'il te plaît, je préfère que ce soit toi qui m'expliques. Ton bouquin t'a encore fait une blague ?

— Une méchante, oui. Un type est mort, quasiment dans mes bras, et j'en ai un autre aux fesses qui veut me faire la peau.

Elle le dévisage, se demandant s'il parle sérieusement. Visiblement, il ne plaisante pas.

— Pour quelle raison ? Tu lui as fait quelque chose ? questionne-t-elle.

— Non. Mais d'après le bouquin, ça ferait partie de *mon* aventure.

— Donne-le-moi, dit tout à coup Camille en posant son sandwich.

Elle lit, effarée, le récit des événements du matin.

— Qu'est-ce que tu as décidé ? s'enquiert-elle en lui rendant l'ouvrage.

— J'arrête tout. Je le rapporte à la librairie.

— J'irai avec toi.

— C'est gentil, Camille, mais…

— Mais quoi ?

Elle plante un regard déterminé dans celui du garçon, qui le soutient sans ciller. Après une courte mais intense confrontation, ils se sourient. Match nul.

— Désormais, conclut Camille en mordant dans son sandwich à pleines dents, mm… je veux tout savoir de… mmm… ce qui t'arrive. Et tant que cette histoire, mm… ne sera pas terminée… (Elle cesse de mâcher pour le fixer droit dans les yeux :) On ne se quitte plus !

— Alors ça ne va pas durer longtemps, parce que dans une heure je me serai débarrassé du livre et… et puis voilà, ce sera fini.

— Pas sûr, murmure-t-elle sur un ton plein de délicieux sous-entendus.

À présent tout à fait détendu, Alex rouvre son livre argenté.

— Mais qu'est-ce que tu fais ? s'inquiète Camille.

— Je voudrais juste savoir ce qu'il y a page 102.

Elle l'observe, percevant toute la fascination que cette œuvre maléfique exerce sur lui.

— Tu ne devrais pas, Alex, dit-elle.

— Ne t'en fais pas, je ne reviendrai pas sur ma décision. Dans une heure ce sera fini.

Il lit le texte de la page 102 et blêmit.

— Qu'est-ce qu'il y a encore ? soupire Camille avec une pointe d'agacement qui trahit surtout de l'inquiétude.

— Rien, répond le garçon en refermant d'un coup l'ouvrage.

— Comment ça, rien ? T'as vu ta tête ?

Il lève les yeux au ciel et déclare :

— Je crois que j'ai commis une belle bourde quand j'ai acheté ce bouquin.

— Qu'est-ce que tu as lu ? Alex, il faut que tu me fasses confiance. Et puis d'abord ça me concerne ! s'exclame-t-elle en colère.

— Je sais… C'est écrit là, dit Alex, l'index sur le livre.

Elle s'en empare et se rend à la page 102.

« En vous confiant à votre amie, vous l'avez, de fait, introduite dans votre aventure. Elle sera donc votre coéquipière, pour le meilleur et pour le pire.

Par ailleurs, il est bien imprudent de votre part de refuser de vous munir d'une arme. Cela pourrait vous aider à sauver votre propre vie, mais aussi celle d'une des héroïnes de votre roman. L'avaleur d'ombres s'est mis à sa recherche et soyez-en sûr, il ne tardera pas à la trouver. Votre mission, si vous l'acceptez, est d'empêcher un crime odieux. En vérité, vous ne disposez que de peu de temps puisque l'avaleur d'ombres doit exécuter son travail avant minuit.

Si vous vous désintéressez du sort de la victime, rendez-vous page 87.

Si vous souhaitez obtenir des informations de première importance pour la sauver, lisez la page 99.

Attention! Aucun retour en arrière ne vous sera permis. »

— Qu'est-ce que ça signifie ? demande Camille d'une voix blanche.

— Que le tueur est à tes trousses. Je suis désolé, Camille, c'est ma faute.

— Oui, enfin non…, bredouille l'adolescente. On peut peut-être encore tout arrêter. Allez, on finit de manger et on file chez le libraire. Après, on ira voir les flics. Je leur raconterai qu'un sadique me suit et que j'ai peur. Ils me donneront sûrement une protection, le temps d'arrêter ce fou dangereux.

Alex hoche la tête. Il ne croit pas à l'efficacité de cette solution, absolument pas…

14

Attaque mortelle

En début d'après-midi, les deux amis se rendent impasse des Martyres, mais trouvent la librairie du Styx fermée. Nulle part ne sont indiqués les horaires d'ouverture.

— Peut-être qu'il n'ouvre qu'à quinze heures, suggère Alex, sans conviction.

— Peut-être, attendons.

Ils s'assoient au bord du trottoir, devant la boutique…

Une demi-heure passe ainsi. N'y tenant plus, Alex se lève et décrète :

— Tant pis, je reviendrai plus tard. On s'arrache ?

— Non, restons encore un peu.

Il s'approche de la porte vitrée pour tenter une nouvelle fois d'apercevoir un signe d'activité à l'intérieur. Il y a bien de la lumière, cette affreuse lumière jaune… De colère, il donne un coup de pied dans l'huis… qui s'entrebâille.

— Camille, ça y est ! Elle était juste coincée ! s'exclame-t-il. On a attendu tout ce temps pour des prunes.

Nullement convaincue par une explication aussi simple, la jeune fille le suit dans la boutique. Elle grimace et frissonne comme la première fois qu'elle a franchi ce sinistre seuil.

— Y'a quelqu'un ? lance Alex.

Il remarque en passant qu'il ne reste aucun livre à couverture argent, sur les quatre qui étaient en vente l'autre jour.

— Hé, ho !

— Inutile de crier, monsieur Ascoët, je ne suis pas sourd, répond une voix derrière un rayonnage.

L'homme en costume sombre apparaît, avec ce sourire faussement bienveillant et cette gestuelle onctueuse qui horripilent Camille. Impressionné par le personnage, Alex perd un peu contenance.

— Bonjour, monsieur, nous venons pour… (Il ôte son sac à dos et en sort nerveusement son livre.) Pour vous le rendre !

Le libraire affiche un air contrit.

— Il ne vous a pas plu ?

— Allons, ne faites pas l'innocent, vous savez très bien pourquoi je vous le rapporte, réplique Alex.

— Il n'est pas dans les usages de la maison de reprendre des ouvrages vendus, encore moins lorsqu'ils ont bénéficié d'une généreuse réduction.

— Reprenez-le quand même. Tant pis pour l'argent ! Je me suis fait avoir, ça me servira de leçon.

L'homme soupire, l'air résigné, puis déclare :

— Entendu. Mais comme je suis un commerçant honnête, je ne le revendrai pas.

— Faites-en ce que vous voulez, je m'en fiche. C'est plus mon problème.

Le libraire esquisse un drôle de sourire, puis s'éloigne vers le fond de la librairie. Après avoir abandonné le livre sur le comptoir, il écarte la tenture de velours pourpre, tourne la tête pour adresser un dernier regard à ses clients et disparaît dans son arrière-boutique. Camille se détend.

— Bravo, Alex ! Tu t'es très bien débrouillé. Maintenant, on s'en va.

Son compagnon acquiesce avec cependant un désagréable sentiment d'insatisfaction, comme si, déjà, il regrettait que tout soit fini. Une fois dans la rue, il s'efforce de sourire, de plaisanter même, mais sa bonne humeur sonne aussi faux qu'une cloche fêlée. À l'arrêt de bus, Camille lui prend la main, et une bouffée d'émotion empourpre leurs joues. Tout à coup, Alex se crispe. De l'autre côté de la place, posté à l'angle d'une ruelle sombre, il a repéré un homme dont la corpulence ressemble étrangement à celle de l'assassin de Carboni.

— Qu'est-ce qui se passe ? Tu as vu quelque chose ? s'inquiète Camille en balayant la place du regard.

— Le type, là-bas, au coin de la rue Lebœuf.

Elle aperçoit à son tour le personnage, qui recule brusquement dans l'ombre de l'étroite venelle.

— C'est rien, Alex, un passant. On ne va pas devenir paranos, hein ?

— C'est pas de la parano, Camille. On a fait une erreur : on ne se débarrassera pas de cette malédiction aussi facilement qu'on le pensait. Il faut aller jusqu'au bout. Je suis sûr qu'on n'a pas le choix.

— Si, on a le choix ! On va aller au commissariat et…

— Tu ne comprends pas, Camille. La police n'arrête pas ce genre d'assassin. Ce n'est pas un être humain, c'est autre chose, un démon, un spectre…

— Arrête, Alex ! Arrête de dire n'importe quoi.

— Tu as raison, on ne sait pas à quel genre de créature on a affaire, mais une chose est sûre, c'est après toi qu'elle court, et par ma faute. Je te protégerai, Camille, contre le diable et tous les démons de l'enfer s'il le faut, mais je te protégerai. Je le jure !

Désemparée, Camille ne sait plus quoi dire, ni penser.

— Reste ici, je reviens, dit tout à coup le garçon. Surtout, tu ne bouges pas, promis ?

— Alex, qu'est-ce que…

Il s'éloigne en courant.

— Je t'aime ! hurle-t-il en disparaissant dans l'impasse des Martyres.

Trois minutes plus tard, il est de retour, serrant contre lui son livre à couverture argent.

— Il était sur le comptoir, explique-t-il. Il m'attendait.

Dans le bus, Alex relit à voix haute la fin du dernier message :

« *Si vous vous désintéressez du sort de la victime, rendez-vous page 87.*

Si vous souhaitez obtenir des informations de première importance pour la sauver, lisez la page 99.

110

Attention! Aucun retour en arrière ne vous sera permis. »

Camille pose sa tête sur l'épaule de son ami et demande :

— Qu'est-ce que tu vas choisir ?

— L'amour, répond-il.

Elle esquisse un sourire triste et tourne elle-même les pages, jusqu'à la 99.

« *Tout va se jouer dans la maison de Dieu. La cathédrale ferme ses portes à vingt heures. À dix-neuf heures trente, vous devrez, vous et votre amie, vous y trouver. Discrètement, glissez-vous dans le confessionnal qui se trouve tout au fond, à gauche du grand orgue. Une fois en place, ouvrez votre livre à la page 66.*

Pensez à vous munir d'une lampe de poche de petite taille, un stylo lampe, par exemple. Vous avez le reste de l'après-midi pour trouver cet accessoire. N'oubliez pas que vous pouvez encore choisir de vous armer... »

— M'armer, c'est ça ! jette Alex avec dégoût.

Il referme le livre et se tourne vers Camille pour caresser tendrement son visage.

— Au début, j'étais complètement pris, avoue-t-il. C'était comme si je participais à un jeu de rôle grandeur nature. Maintenant, je me rends compte que je me suis bien fait piéger. Et je vais sûrement le payer cher, peut-être même que je vais y laisser la peau.

— Je suis sûre que non, affirme Camille en lui embrassant la main. Tu l'as dit, c'est comme un jeu de rôle. Natas, Satan, peu importe…

Elle s'interrompt, effrayée. Alex éprouve la même angoisse. Ils viennent seulement de réaliser ce que signifie le nom du libraire, lu à l'envers. La jeune fille ferme les yeux et prend sur elle pour poursuivre :

— Admettons donc que le libraire soit le maître du jeu. Il reste au-dessus, n'intervient pas, fait respecter les règles, et sans doute qu'il suit les événements d'une manière ou d'une autre, minute après minute. Mais on sait qu'un jeu n'est pas intéressant que si on n'est pas certain de gagner. Est-ce que ça t'amuserait de jouer au Monopoly en sachant que c'est toi, à coup sûr, qui rafleras la mise ? Non. Alors, lui non plus. Il mène le jeu, très bien, maintenant c'est à nous de gagner la partie.

Alex adresse une mimique admirative à sa compagne.

— Bien vu, Camille ! On n'a plus qu'à la jouer fine.

112

— Pour commencer, il nous faut une lampe stylo.

— Pour ça, pas de problème ; je sais où trouver ce genre de gadgets.

— Où ça ?

— À l'armurerie de la rue Picquejean…

À dix-neuf heures trente précises, les deux jeunes gens franchissent le sas d'entrée de la cathédrale. Ils passent de la nuit fraîche du dehors à la pénombre glaciale de l'église. Elle est faiblement éclairée par des lampes fixées aux piliers, et par les cierges qui brûlent dans les chapelles le long du déambulatoire. Un étrange silence saisit les adolescents qui, main dans la main, demeurent quelques secondes immobiles. Alex désigne, au fond de la nef, à gauche du grand orgue, un confessionnal sombre.

— C'est dans celui-là qu'on doit se planquer, murmure-t-il.

— C'est vraiment sinistre, une cathédrale, la nuit, remarque Camille en frémissant.

— Oui, et désert. Profitons-en.

Sans courir mais le pied leste, ils traversent la nef et se glissent dans la cabine de bois brun. Camille ne peut retenir un rire et Alex un « chut ! »

encore moins discret. Blottis l'un contre l'autre sur le banc du prêtre, ils restent un long moment sans bouger, puis Camille rappelle à son ami qu'ils doivent à présent consulter la page 66.

Au faisceau d'une minuscule lampe de poche, ils lisent ensemble :

« *Votre attente ne devrait pas être longue. Ne vous trompez pas ; la cible n'est pas une grenouille de bénitier. Dès que vous entendrez ses talons sur le dallage, ne la quittez plus des yeux et rendez-vous vite page 88.* »

— De qui il parle ? s'interroge Alex.

— De… C'est vrai ça ? Je croyais que c'était moi qu'on devait assassiner.

— Il se paie notre tête, ce bouquin de malheur. Quand tout sera fini, je le déchirerai en petits morceaux, très lentement, et après…

— Tais-toi, Alex, j'entends un bruit.

Le jeune homme éteint sa lampe. Ils soulèvent chacun un pan du rideau pour observer l'extérieur. Le cœur battant, ils aperçoivent alors un prêtre qui, missel sous le bras, le pas lent et régulier, semble faire sa tournée d'inspection. À moins que…

— Il vient vers nous, chuchote Camille.

— Si c'est l'heure de la confession, il va avoir la surprise de sa vie, répond Alex.

L'ecclésiastique n'est plus qu'à quelques mètres. Les adolescents reculent, s'enlacent et se tassent au fond de l'habitacle. Les talons du prêtre martèlent les secondes. Les jeunes gens bloquent leur respiration. Un murmure leur parvient :

— Même si j'ajoute les trois euros du goûter, marmonne le prêtre en grande conversation avec lui-même, ça ne suffira jamais. Zut alors !

Il passe devant le confessionnal et s'éloigne. Une porte grince. La cathédrale est de nouveau vide.

— Ouf ! J'ai eu une de ces trouilles, souffle Camille.

— Et moi donc ! Depuis deux jours, je peux te dire que j'ai l'adrénaline qui circule !

Dans un silence absolu, de longues minutes s'écoulent, que les jeunes amoureux mettent à profit pour de langoureux baisers… Ils s'interrompent soudain en entendant claquer une porte, puis résonner des talons. La « cible » vient de pénétrer dans la cathédrale. Les adolescents découvrent avec surprise une femme élégante, d'une trentaine d'années, escarpins noirs, jean et chemisier blanc, veste de tailleur, petit sac serré sous le bras.

— Eh, mais… je l'ai déjà vue ! s'étonne Alex. C'est la femme que j'ai croisée à l'usine… !

Il est surpris, mais terriblement soulagé.

— Elle a l'air nerveuse, remarque Camille à voix basse.

L'inconnue lance des regards circulaires comme si elle avait un rendez-vous. Elle finit par s'asseoir sur une chaise du dernier rang. Alex allume sa lampe stylo pour aller lire la page 88 de son livre.

« *À partir de maintenant, vous devrez vous tenir prêts à intervenir, mais seulement lorsque nous vous l'indiquerons. La femme qui vient d'entrer s'appelle Yvette Gagnière. Elle est fonctionnaire de police et psychologue, spécialisée dans le profilage des criminels ; elle s'intéresse tout spécialement aux tueurs en série. Elle a justement rendez-vous avec l'un deux – vous le connaissez pour lui avoir échappé à l'usine Scoratex – mais elle ignore l'habileté à tuer d'un avaleur d'ombres. Peut-être réussirez-vous à la sauver, à la condition d'agir au moment juste : trop tôt, l'assassin disparaîtra et vous ne saurez plus ni où, ni quand, ni comment il tentera à nouveau d'atteindre sa cible. Intervenez trop tard et la femme mourra.*

Quelques instants suffisent à un avaleur d'ombres pour accomplir sa tâche.

Votre prochaine instruction est en page 54. Elle restera collée à la page 48 jusqu'à ce que les événements se précisent. »

Les doigts tremblants, Alex tourne les pages de son livre. Effectivement, la page indiquée adhère à la suivante.

— Camille, surveille la psy, murmure-t-il. Moi, je m'occupe du livre.

La jeune fille acquiesce puis reporte son attention sur la femme, qui ouvre son sac à main. Camille a une excellente vue, mais elle devine plutôt qu'elle ne le voit ce que la femme est en train de vérifier.

— Alex, elle est armée, chuchote-t-elle en se retournant.

La psychologue redresse vivement la tête, comme alertée par un bruit. Elle croit apercevoir une ombre glissant entre deux piliers et se lève.

— La page s'ouvre ! annonce Alex.

« L'instant approche. Tenez-vous prêts !
Suite page 96. »

15

Nez à nez avec un personnage
vêtu de noir

Alex feuillette fébrilement son livre argenté. Camille se retourne pour lui faire comprendre d'un geste qu'il est trop bruyant. Inquiétée par ce curieux froissement de papier provenant d'un confessionnal, la « cible » scrute dans leur direction tout en gardant la main droite dans son sac, les doigts sans doute crispés sur la crosse de son pistolet. La page 96 se décolle alors.

« *Il n'est pas encore temps d'agir, mais ce n'est qu'une question de secondes. Rendez-vous en page 57. Vite !* »

Alex, au bord de la crise de nerfs, tourne les pages et lit :

« Il attaque… MAINTENANT !
Si ça tourne mal, allez en page 97. »

— Camille, il attaque ! s'écrie Alex.

Les jeunes gens se ruent hors du confessionnal. La psychologue, voyant surgir ces deux silhouettes, pointe son arme sur eux. Au même instant, à sa gauche, un personnage entièrement vêtu de noir surgit de l'ombre d'un pilier. Un coup de feu claque. Camille pousse un cri et s'affale de tout son long. Alex se retourne et voit jaillir au bout du bras de l'avaleur d'ombres un bref éclat de lumière. La lame ondulée du kriss disparaît dans le corps de la femme policier. Celle-ci pousse un bref cri de douleur et s'effondre sur les rangées de chaises paillées qui basculent comme des dominos.

— Alex ! hurle Camille.

Le garçon se précipite pour ramasser le pistolet que la psychologue a laissé échapper. Il se retourne et tire trois balles sur ce qu'il croit être le tueur. C'est la statue de plâtre d'un saint qu'il atteint. La silhouette de l'assassin glisse de pilier en pilier. Alex ne la quitte ni des yeux, ni du viseur du pistolet qu'il serre à deux mains, bras tendus. Il hésite à brûler des cartouches inutilement. Il prend alors la mauvaise initiative de se déplacer et s'entrave dans les sièges renversés pour chuter lourdement. Le temps de se relever, l'avaleur d'ombres a disparu.

Du fond de la cathédrale, le prêtre surgit, mais devant le désastre, il se signe et retourne dans sa sacristie, sans doute pour appeler les secours. Alex découvre avec horreur le résultat de la rixe. La psychologue se contorsionne mollement sur le sol, les mains plaquées sur le ventre.

— Alex, tu n'as rien ? s'inquiète Camille.

Incapable d'articuler un son, le garçon la rejoint et l'aide à se remettre debout.

— Ça va, dit-elle. J'ai juste un genou écorché. Et la psy ?

— Elle a morflé.

— C'est-à-dire ?

Il hésite à répondre, mais finalement annonce :

— Elle a pris un coup de couteau dans les côtes.

— Oh non, c'est pas vrai !

Ils se précipitent sur la victime.

— Ne vous en faites pas, madame, les secours vont arriver, dit Camille.

La femme dévisage tour à tour la jeune fille et Alex.

— Je m'en tirerai, ce n'est pas grave, articule-t-elle.

La douleur lui coupe le souffle. Elle ferme les yeux et reprend :

— Alex, il faut l'arrêter. Il va s'en prendre à vous.

— Oui, on sait, répond le collégien. Ne bougez pas.

L'inquiétude se lit sur son visage. Il aperçoit alors son livre ouvert sur le sol, devant le confessionnal. Il va le ramasser, le feuillette rapidement jusqu'à la page 57, puis la page 97, puisque effectivement « ça a mal tourné ».

« Ne restez pas là. Vous devez partir avant l'arrivée de la police !
Si vous décidez de rester, allez en page 101. Sinon, vous trouverez en page 74 de nouvelles instructions. Quel que soit votre choix, faites vite ! La mort n'a pas fini de frapper. »

Alex prend le risque de choisir la page 74.

« Vous avez fait le bon choix, car vous seuls pouvez interrompre le parcours meurtrier de l'avaleur d'ombres. Si la police devait vous interroger, vous ne pourriez plus agir librement. En page 69, votre livre vous dira comment mettre fin à l'œuvre du tueur. Mais avant, quittez cet endroit. Partez par la rue Bonnefoi et courez aussi vite que

possible jusqu'à la place Carrée, où vous lirez la page 69. »

Alex rejoint son amie, qui a glissé son écharpe rose sous la tête de la blessée.

— Alex, va vite appeler les pompiers, le presse l'adolescente.

— Le curé l'a déjà fait. Viens, Camille, il faut qu'on s'en aille, déclare-t-il.

Son regard est attiré alors par un objet qui émerge du sac de la victime. Il se baisse et tire un livre à couverture argent dont le titre ne lui est que trop familier. Après une brève hésitation, il le fourre dans son sac à dos.

— Qu'est-ce que tu fais ? demande Camille.

— Je veux savoir ce qu'elle est venue faire là, répond-il en baissant la voix pour que la femme ne l'entende pas.

Puis, s'adressant à elle :

— Ça ira, madame ?

— Oui… je crois.

Les deux adolescents se concertent du regard. N'étant ni médecin ni secouriste, ils décident de partir.

Sans hâte excessive, ils se rendent vers la sortie nord de la cathédrale. Avant de franchir la première porte, Alex prend avec douceur le visage de Camille dans ses mains et lui annonce :

— Je vais te ramener chez toi…

— Non ! proteste-t-elle.

— Si. Il faut que j'aille jusqu'au bout, tu le sais bien.

— Moi aussi ! Je fais partie de ton histoire, Alex, que tu le veuilles ou non. Alors, on reste ensemble. Je t'en prie, ne m'oblige pas à me bagarrer pour ça.

— Bon, d'accord. Le livre nous demande de filer tout de suite place Carrée, pour éviter d'avoir à parler aux flics. On y va ?

Camille hoche la tête et accepte le baiser que son compagnon dépose sur ses lèvres.

— Dès qu'on est dans la rue, on fonce ! dit-il.

Il tire le battant du sas et se retrouve nez à nez avec un grand personnage vêtu de noir…

16

Les héros meurent à la fin

Persuadé que l'avaleur d'ombres se dresse devant lui, Alex rabat violemment le battant capitonné. Un cri étouffé retentit dans le sas.

— Le tueur ! Vite, par là !

Main dans la main, les adolescents s'élancent dans le déambulatoire.

— On va se tirer par la sacristie ! crie Alex.

Derrière eux, des hommes pénètrent en nombre dans la cathédrale :

— Vous, à gauche. Vous, à droite ! ordonne l'un d'eux. Attention, ne tirez pas sans sommation ! Hé, vous là-bas, arrêtez !

— Alex, c'est la police ! s'écrie Camille en jetant un regard affolé par-dessus son épaule.

— Tant pis, on se tire quand même.

— Non, je suis pas d'accord !

— Si ! Fais-moi confiance !

La jeune fille se laisse entraîner. Alors même qu'ils pénètrent dans la sacristie, un policier en civil, portant un brassard rouge d'identification, y fait irruption par une autre porte, arme au poing.

— Stop ! On ne bouge plus ! lance-t-il.

Pris au piège, les fuyards s'immobilisent. Quelques secondes plus tard, les autres policiers arrivent. Alex est ceinturé, menotté dans le dos et, pour finir, allongé sur le ventre. Dans le même temps, une femme agent de police se saisit de Camille et la plaque sans ménagement contre un mur.

— Ça va, c'est fini ! On les tient, conclut le lieutenant en rengainant son arme.

Les suspects restent un bon quart d'heure ainsi neutralisés, dans une position des plus inconfortables, sous la surveillance de deux agents. Puis un groupe d'hommes, uniformes et costumes civils mêlés, investissent la sacristie. Un personnage corpulent s'approche des prisonniers et se présente. Il est commissaire, se nomme Lardène et demande d'entrée de jeu si c'est Alex qui a poignardé sa collègue. Camille réagit avec vivacité :

125

— Mais non, c'est pas lui ! On n'y est pour rien, monsieur. On était cachés dans le confessionnal. Il y a eu des coups de feu, on a eu peur et... et...

Elle éclate en sanglots. Alex se contorsionne sur le dallage glacé en protestant.

— Du calme, mon garçon ! lui lance le commissaire. C'est pas la peine de t'agiter, on va te libérer.

D'un signe de tête, l'officier de police ordonne à l'un de ses hommes de lui retirer les menottes.

— Qu'est-ce que vous faisiez, dans ce confessionnal ? demande-t-il ensuite.

Camille baisse les yeux comme une enfant fautive.

— Des choses, répond-elle.

Le commissaire esquisse un bref sourire.

— Pourquoi vous êtes-vous enfuis devant mes collègues ?

— Quand j'ai ouvert la porte, explique Alex en se massant les poignets, je me suis retrouvé devant un grand type. Il faisait sombre et j'ai pas vu que c'était un flic... enfin je veux dire un policier. J'ai cru que c'était l'assassin, alors j'ai refermé la porte. Et puis voilà, c'est tout.

Le commissaire hésite à relâcher ces deux suspects, encore que… il se rende bien compte qu'il n'a pas affaire à de diaboliques amoureux meurtriers. Il accepte donc l'explication, pour le moment.

— Bon, c'est pas grave, déclare-t-il. Vous voulez qu'on vous ramène chez vous, où est-ce que je peux vous poser quelques questions tout de suite ?

— Je préférerais pas qu'un fli… qu'un policier vienne avec moi, s'inquiète Alex. Parce que sinon, ma mère va croire que j'ai fait une bêtise, et là je suis bon pour un interrogatoire musclé.

— On verra, répond le commissaire. Et vous, mademoiselle ?

— Ça ira. Je voudrais juste savoir si ce cirque va durer longtemps, parce que ma maman va s'inquiéter si je tarde à rentrer. Elle croit que je suis chez ma tante, et je devrais déjà être à la maison. Vous voyez le problème ?

— Ce ne sera pas long, la rassure le commissaire. Racontez-moi juste ce qui s'est passé et ce sera terminé. On rédigera le procès-verbal demain, au commissariat…

Après l'interrogatoire d'usage, le commissaire prend finalement la décision de faire raccompagner les témoins du meurtre chez eux. Ils sont discrètement déposés devant leurs immeubles respectifs. Si bien qu'ils ne peuvent pas faire le point comme ils le souhaiteraient. Au moment de descendre de la voiture de police, Alex embrasse sa copine, sur la joue, et lui donne rendez-vous plus tard, au téléphone.

Après avoir avalé les restes froids du dîner familial, Alex s'enferme dans sa chambre. Il sort de son sac à dos son livre, puis celui de la psychologue et un troisième objet, lourd et noir, le pistolet avec lequel il a troué le malheureux Saint-Benoît. Il l'examine longuement, trouve et enclenche le cran de sécurité. Puis il ne résiste pas au plaisir de se regarder dans la glace de son armoire, l'arme au poing. La sensation est grisante… un peu trop. Il se dépêche d'envelopper l'objet dans un morceau de tissu, puis le remet dans son sac. Il va ensuite s'asseoir en tailleur sur son lit pour lire le livre d'Yvette Gagnière. Il attaque le début comme s'il s'agissait d'un roman ordinaire :

« *Dans le commissariat de police, la nouvelle n'avait pas eu plus d'écho qu'un résultat de pétanque. Seule une femme avait réagi lorsque l'agent Bonnacieux avait lâché, à la sortie d'une réunion : "Il paraît qu'il y a une nouvelle librairie dans la Vieille Ville, spécialisée dans les polars et les bouquins d'horreur. Et vous savez où elle s'est installée ? Dans l'impasse des Martyres. Faut vraiment être givré pour ouvrir un commerce dans ce trou..." C'est sans doute le mot "givré" qui avait intrigué Yvette Gagnière. Lieutenant de police et psychologue experte en profilage, son détecteur à énigmes avait vibré instantanément. Le mot "polars" avait également produit son effet. Bien qu'elle ne sût plus où ranger dans son petit appartement les centaines de livres de sa collection personnelle, elle résistait rarement à l'appât de la nouveauté en ce domaine. "Demain, j'y vais !" décida-t-elle. »*

Pressé d'en apprendre davantage, Alex saute les chapitres, puis les pages, ne lisant que des moitiés de paragraphe, s'arrêtant parfois sur un événement étrange ou mouvementé. Il comprend que la malheureuse femme s'est fait, comme lui, happer par un piège diabolique. Le libraire l'a d'abord alléchée avec la promesse d'un roman policier digne des plus grands chefs-d'œuvre du genre. L'achat du livre à couverture argent avait achevé de tisser sa toile autour de la victime.

« *Yvette Gagnière n'en dormit pas de la nuit,*
lit Alex à la page 37. *Elle tournait et retournait
dans sa tête l'énigme que lui avait posée son livre
pour retrouver l'assassin des ténèbres, avant qu'il
ne reprenne sa funeste besogne. Il ne lui restait
que trois heures pour découvrir où et à quelle
heure cette créature abjecte devait commettre son
second homicide. Elle se rappela que le sculpteur
n'avait pas été assassiné au sens strict du terme;
il avait succombé à une crise cardiaque – le
médecin légiste était formel –, sans doute due à
une émotion violente. Poursuivant sa réflexion,
elle finit tout de même par avoir une idée en relisant l'énigme. La cinquième ligne indiquait ceci:*
Suivez les bonnes ombres et vous trouverez ce
que vous cherchez.

*Persuadée d'être sur la piste, la psychologue
cherche dans ses plus récents souvenirs quelque
chose en rapport avec des ombres... Il y avait
l'avaleur d'ombres, bien sûr... La Scoratex. Tout
à coup, elle revit le visage effrayé de ce garçon
brun, d'allure sportive* (Alex sourit), *qui avait
surgi sous son nez alors qu'elle allait entrer dans
l'usine. Obéissant à son intuition, Yvette Gagnière
entreprit d'aller se poster devant les collèges de
la ville pour assister à la sortie des élèves dans*

l'espoir, certes bien mince, de reconnaître l'ado-
lescent. Mais son livre l'aida... »

Le cœur battant, Alex accélère sa lecture et
ne tarde pas à apprendre comment la femme a fini
par croiser la route de son agresseur.

« Assurée que les jeunes se rendaient bien à
la cathédrale, Yvette Gagnière décida d'inter-
rompre sa filature. D'après son livre, l'attaque
ne devait pas avoir lieu avant dix-neuf heures
quarante-cinq. Arriver trop tôt risquait de chan-
ger les circonstances. Or le livre avait été formel :
"Agissez avant l'entrée de l'avaleur d'ombres
dans la cathédrale, et vous perdez toute chance de
contrecarrer ses projets." »

Alex lève quelques secondes le nez de son
livre pour réfléchir. Donc, en fin de compte, c'était
bien lui et Camille la « cible » du tueur. À moins
que celui-ci n'ait pour « contrat » d'assassiner
tous ceux qui croisent son chemin. Il frémit en
songeant au nombre de victimes potentielles que
cela représente. La suite du récit lui apprend comment Yvette Gagnière, censée sauver deux adolescents amoureux, s'est retrouvée elle-même
attaquée par le serial killer qu'elle était venue

131

neutraliser. Une histoire invraisemblable et dramatique, pourtant bien réelle, qui s'interrompt brusquement page 67. Les trente ou quarante pages
suivantes sont collées, comme pour marquer
l'arrêt provisoire, seulement provisoire, du cours
de ce polar cauchemardesque.

Le collégien soupire en se disant que si les
livres de Natas se terminent tous aussi mal, il
faudrait créer un comité d'alerte anti-Styx. Combien ont acheté un livre maléfique avant lui ? se
demande-t-il. Découragé et angoissé, il s'allonge
sur son lit, mains croisées sous la tête. Sa pensée
vagabonde… Il ferme les yeux, revoit le visage de
Camille…

— Camille ! s'exclame-t-il en se redressant
d'un bond.

Il a failli oublier de l'appeler. Il se précipite
dans le salon pour récupérer le combiné du téléphone sans-fil. De retour dans sa chambre, il com-
pose le numéro de sa compagne d'aventure. C'est
elle qui décroche.

— J'allais me coucher, dit-elle d'une voix
teintée de reproche.

— Excuse. J'aurais dû t'appeler plus tôt,
mais j'étais plongé dans le livre de la psy.

— Je m'en suis doutée. Et alors ?

— Alors, on n'est pas sortis de l'auberge. En fait, c'est nous qui avons échappé à la mort…

Il lui fait un compte rendu de sa lecture du roman d'Yvette Gagnière.

— Qu'est-ce que tu vas faire ? interroge Camille.

— Pour arrêter le serial killer ?

— Oui.

Alex se tait, comme s'il réfléchissait. En fait, il n'a aucune hésitation sur la suite qu'il compte donner à son affaire.

— Je verrai demain. Ce soir, je reste au chaud, annonce-t-il.

— Tu ne vas pas obéir au livre ?

— C'est-à-dire ?

— Il devait te dire comment faire pour éliminer le tueur.

— Attends, Camille, qu'est-ce que tu essaies de me faire comprendre ? Que je dois aller place Carrée et subir une nouvelle nuit de cauchemar ?

En vérité, la jeune fille n'a qu'une idée en tête : connaître les intentions réelles de son ami.

— Non, bien sûr que non, finit-elle par répondre.

Puis elle ajoute :

— J'ai peur, Alex. Je crois qu'on devrait aller voir le commissaire.

— Pour lui dire quoi ? Qu'on est victime d'un *book killer* ?

— On lui montrera les livres…

— Mais non, Camille ! s'énerve Alex. Tu sais bien que ces saletés resteront fermées comme des huîtres si on tente de les trahir. Dis-toi bien qu'on n'a pas le choix. C'est comme un combat de gladiateurs. Deux sont sur le carreau et je te parie qu'à la fin, il ne doit en rester qu'un, comme dans *Highlander*. Si c'est le cas, ce sera moi, je te le jure.

— Contre un meurtrier de cette espèce, tu n'as aucune chance.

— Eh ! Tu oublies que je suis ceinture marron de karaté !

— Je ne rigole pas, Alex. J'ai pas envie, vraiment pas…

— Moi non plus, tu sais. Alors fais-moi confiance !

L'adolescent songe qu'il est temps de changer de sujet de conversation. Camille le devance :

— Tu sais, j'ai téléphoné à l'hôpital pour prendre des nouvelles de la psy.

— Et alors ?

— Elle va s'en tirer… Elle a eu de la chance. J'ai pas pu lui parler, parce qu'on venait de l'opérer, mais l'infirmière m'a dit qu'elle n'arrêtait pas de répéter avant qu'on l'endorme : « Il va recommencer ! » Du coup, ils ont mis un agent en faction devant sa chambre.

Le cœur d'Alex s'emballe. Il va devoir modifier le programme de sa soirée.

17

Retrouvailles place Carrée

Une seconde fois, Alex va essayer de tromper la vigilance de sa mère pour aller courir les rues dans la lumière blafarde des lampadaires. Il enrage d'avoir dû prendre cette décision, mais il a compris, à l'instant même où Camille a prononcé « Il va recommencer ! », qu'il n'aurait d'autre choix que de se rendre place Carrée. Car l'avaleur d'ombres n'a sûrement pas l'intention de passer la nuit au chaud, lui.

Au lieu de profiter d'une charmante soirée en famille, il se consacre donc à la préparation de sa « grande évasion [1] » qui, cette fois, s'effectuera par

1. *La grande évasion* est un film célèbre avec Steve Mc Queen.

la façade. À vingt-deux heures trente, il se couche. Puis, lumière éteinte, couverture sous le menton, tous les sens en alerte, il guette le moment où ses parents iront dormir. Le signe sera donné par le petit coup d'œil de contrôle de Mme Ascoët. C'est peu avant vingt-trois heures que la poignée de la porte s'abaisse enfin, dans un léger grincement. Alex, qui commence à s'assoupir, entrouvre légèrement les paupières pour observer sa mère. Celle-ci, depuis la première « fugue » de son galopin de fiston, vient désormais chaque soir vérifier que c'est bien lui qui occupe son lit et non son traversin…

« Et pourquoi pas une poupée gonflable ! » pense le garçon.

Il se retourne en émettant un grognement de dormeur dérangé.

— Bonne nuit, mon chéri, susurre Mme Ascoët.

— Rrr, gnn, gnn, répond-il en disparaissant sous ses draps.

À peine la porte refermée, il se relève et s'habille, version commando : jean, pull, bombers, cagoule, gants… le tout noir Batman. Seul son sac à dos est d'une couleur différente… rouge ! Celui qu'il porte d'habitude est gris, mais équipé de bandes fluo tout à fait inappropriées pour cette nouvelle mission nocturne. Le cœur battant, il enjambe la rambarde de sa fenêtre. Il sait qu'il ne doit pas regarder en bas... mais il ne peut s'en empêcher. Il ferme les yeux et pense : « Saint Alex, priez pour moi. » Il amorce sa périlleuse descente en prenant appui sur les aspérités de la façade. Il a déjà effectué cette opération, une fois, en rêve. Cela s'était terminé par une chute qui lui avait soulevé le cœur et l'avait réveillé en sursaut. Jusqu'au premier étage tout va bien, puis l'affaire se corse ; il a oublié que sa chambre se trouve en aplomb de la porte d'entrée de l'immeuble. Suspendu par les mains à la rambarde d'une fenêtre, les pieds cherchant désespérément un appui fiable, il prend conscience de son erreur. Car il ne peut plus ni descendre ni remonter, le pire scénario ! Et voilà que ses doigts cèdent lentement à la fatigue. Tant pis ! Il se laisse choir. L'atterrissage est rude, la douleur à la cheville, aiguë. Assis sur le trottoir, il se mord les lèvres pour étouffer un cri de douleur. « Ça commence bien », pense-t-il en se relevant.

Il s'éloigne en boitant.

Pendant ce temps, dans une grande demeure bourgeoise au cœur d'un parc arboré, l'avaleur d'ombres allume une bougie sur une table basse.

Il s'installe dans un fauteuil et ouvre un livre à couverture argent. Au-delà de la page 53, les feuillets sont inaccessibles. La dernière ligne, tout en bas à droite, lui recommande *un peu de patience*, alors il attend. Au bout d'une minute, la page se libère enfin.

« *Le jeune Nico s'était juré, après les frayeurs de la veille, de laisser tomber cette histoire de dingue. Il ne s'était pas pour autant débarrassé de son livre. Bien au contraire, il l'avait soigneusement caché pour que ses frères ne mettent pas la main dessus. Ensuite, il s'était efforcé de ne plus y penser, mais bien sûr il n'avait fait que cela, au point d'être d'une humeur massacrante.*

Vers vingt-deux heures trente, pendant qu'il regardait le film Le Silence des agneaux *avec sa famille, l'obsession a atteint son paroxysme. N'y tenant plus, et alors même qu'un effroyable suspense laissait bouche bée les téléspectateurs, il a quitté le salon en hâte, a récupéré son livre dans sa chambre, puis s'est enfermé dans les toilettes.*

— Hé, Nico, qu'est-ce que tu fais ? l'a appelé un de ses frères. Tu rates le meilleur !

Réponse :

— Je pisse ! »

L'avaleur d'ombres éclate de rire.

« *En réalité, le jeune homme lisait :*

"En entrant en possession de cet ouvrage, vous en êtes devenu le héros principal. Vous n'avez pas eu à vous en plaindre, puisque vos souhaits d'émotions fortes ont été exaucés au-delà de ce que vous espériez. Alors pourquoi le refermer maintenant ? Certes, vous êtes libre, cependant nous allons vous donner une bonne raison d'aller au bout de votre aventure. Alors même que vous lisez ces lignes, votre camarade de collège, Alex, se hâte vers un rendez-vous qui n'aura rien de galant. Car son livre lui indiquera dans quelques minutes où et comment trouver l'avaleur d'ombres." »

La silhouette sombre se redresse vivement dans le fauteuil. Elle reste perplexe un moment, comme si déjà elle envisageait l'arrivée du téméraire adolescent, puis paraît se détendre et reprend sa lecture.

« *"Comme vous l'imaginez, c'est au-devant de sa mort qu'il va se rendre, car, alors même que vous lisez ces lignes, l'avaleur d'ombres apprend de son côté qu'il va recevoir sa visite. Le pauvre garçon sera attendu ; ses chances de survie sont par conséquent minimes. Que déciderez-vous de*

faire ? Retournerez-vous au Silence des agneaux *?*
En ce cas, vous pourrez suivre, quasiment en
direct, après minuit, en page 88, la fin du roman
de votre camarade. Autre choix possible : devan-
cer les événements et vous occuper vous-même de
l'avaleur d'ombres. Si telle est votre décision,
sachez que vous ne pourrez compter que sur vous-
même. Inutile donc de vous adjoindre les muscles
de vos frères et amis, nous vous refuserions les
informations qui vous permettraient d'agir. Votre
but sera de vous emparer du kriss de l'avaleur
d'ombres, car c'est le seul moyen de le priver de
son pouvoir de tuer." »

L'avaleur d'ombres pousse un cri de rage et
dégaine son poignard. Il le contemple quelques
secondes puis se lève brusquement. Sur un vaisse-
lier, il s'empare d'une boîte contenant des bougies
et quitte la pièce.

La place Carrée n'est pas très loin de l'immeuble d'Alex, mais avec une cheville en com-
pote, c'est le bout du monde. Souffrant jusqu'à la
nausée, le garçon s'assoit sur le banc d'un abribus.
Il ôte sa chaussure pour se masser. La douleur est
intense, pourtant il devrait survivre. De toute façon,
ça ne change pas grand-chose à la situation... pour
le moment. Cela l'amène à repenser au tueur de la

cathédrale. Instinctivement, il jette un regard circulaire. La place est déserte, hormis un bonhomme abruti d'alcool sur un banc public qui dodeline du chef, une bouteille à la main. Rassuré, Alex sort son livre, qu'il ouvre à la page 69.

« *L'avaleur d'ombres sait que vous avez l'intention de contrarier ses noirs desseins, vous et votre amie. Vous pouvez donc en déduire qu'une seule obsession l'habite désormais, vous éliminer du jeu. Son intention est probablement d'aller vous tuer chez vous. Nous pouvons supposer qu'il tentera de s'introduire dans vos chambres respectives en escaladant la façade de vos immeubles. Nous ne saurions vous dire s'il commencera par vous ou par votre camarade. Mais nous sommes certain qu'il ne le fera qu'après minuit, de manière à être assuré que vous et vos parents dormirez profondément. Sachez que, au besoin, il éliminera ces derniers.*

Vous connaissez maintenant la menace qui pèse sur vous deux, mais vous avez choisi de venir, comme nous vous l'avions recommandé, sur cette place pour lire la suite de votre aventure. Il vous est donc encore possible de contrecarrer le destin. Mais attention ! Il ne vous reste que peu de temps avant minuit, heure à partir de laquelle l'avaleur d'ombres peut à tout instant décider d'aller accomplir son œuvre. Il vous faut donc le prendre à contre-pied en le débusquant au sein même de son repaire et en le tuant, aussi vite que possible, car la moindre hésitation peut vous être fatale. Vous trouverez l'adresse de son refuge ci-dessous. Une fois sur place, rendez-vous page 78 pour quelques conseils supplémentaires. »

Alex garde le regard fixé sur ces lignes qui, tout en l'aidant à sauver sa peau, l'envoient au-devant de la mort. Une histoire de fous, une sinistre farce dont il est le pigeon…

— Alex ? l'interpelle une jeune fille dont la voix lui est familière.

— Camille ! Bon sang, qu'est-ce que tu fais là ?

Son amie, emmitouflée dans une doudoune rose, se tient à quelques pas. Elle observe Alex, la mine sinistre.

— Je ne t'ai pas entendue arriver, dit celui-ci en se levant. Tu n'aurais pas dû venir.

Il s'apprête à l'enlacer, mais elle se dérobe.

— Tu boites ? constate-t-elle.

— Je me suis tordu une cheville en m'évadant de chez moi. C'est rien, une petite foulure. Comment tu as su que je serais là ?

— Je l'ai déduit. Ton livre t'ordonnait de venir ici. J'ai supposé que tu ne pourrais pas lui résister. J'avais raison.

— Ça fait longtemps que tu m'attends ?

— Une heure… ou deux.

— Tu devrais rentrer chez toi, Camille…

— C'est tout ce que tu as à me dire ? reproche l'adolescente.

Alex rougit. Il ébauche un sourire embarrassé puis déclare :

— Le livre m'a expliqué comment trouver le tueur et ce que je devais faire… Tu veux lire ?

La jeune fille acquiesce d'un signe de tête, puis, sans cesser de fixer son ami dans les yeux, lui demande :

— Tu ne m'embrasses pas ?

Après avoir lu le texte de la page 69, à la surprise d'Alex, Camille ne manifeste d'abord aucune réaction. Elle a compris depuis longtemps qu'ils n'avaient aucune chance de sortir du jeu avant la fin. Puis une question lui vient à l'esprit :

— Comment tu comptes t'y prendre pour tuer ce monstre ? Tu va lui sauter au cou et l'étrangler ?

— Ça, c'est mon affaire.

— Je veux quand même savoir, j'ai le droit, non ?

— Je préfère ne pas te le dire.

— Pourquoi ?

— Parce que… parce que je te le dirai plus tard. On y va ?

Camille n'insiste pas, mais un vilain pressentiment lui souffle que cela ne va pas lui plaire.

— On ne peut pas y aller à pied, c'est trop loin, dit-elle, surtout avec ta cheville.

— D'accord, mais qu'est-ce que tu proposes ? À cette heure, il n'y a plus de bus, et je me vois mal rentrer chez moi pour récupérer mon scooter.

— J'ai une meilleure idée. On va prendre un taxi.

Alex se mord les lèvres.

— C'est que… je n'ai pas d'argent sur moi.

— Ah bon ? Bravo, James Bond !

Le garçon serre les poings de colère ; il a pensé à tout, sauf au nerf de la guerre.

— Je suis trop nul ! grince-t-il.

— Sur ce coup-là, je ne dirai pas le contraire, mais tu as la chance d'avoir une copine prévoyante. Parce que, moi, j'ai de quoi payer la course.

Alex sourit. Elle lui saute au cou.

18

Dans la maison des ombres

Peu avant minuit, un taxi dépose les deux amis devant la grille d'une propriété ceinte de hauts murs décrépis. Au-delà, s'étend un parc qu'on devine assez vaste, planté d'arbres centenaires dont les feuillages forment une voûte hermétique aux rayons lunaires.

— C'est sinistre, murmure Alex, en scrutant ces profondeurs opaques.

— Ça a l'air abandonné, dit Camille.

L'avaleur d'ombres a regagné son fauteuil dans le salon de la villa. Depuis une dizaine de minutes il assiste, pour ainsi dire en temps réel, à l'approche des deux adolescents. Il lui faut juste attendre que les feuillets se décollent, lorsqu'il lit plus vite que le déroulement des événements :

« *L'allée centrale, pour ce qu'ils peuvent en voir, est envahie par les herbes folles. Alex réprime un frisson, de froid autant que d'inquiétude, et s'empare de la main de son amie.*

— *Je me demande si on a eu raison de venir, dit-il.*

— *Il est encore temps de renoncer.*

Le garçon approuve mollement, puis déclare :

— *Ça me fiche les boules de savoir que je suis un pion sur un échiquier, avec un joueur au-dessus de moi qui me fait avancer comme ça lui chante... Tu sais, Camille, je regrette. Si tu savais comme je regrette de t'avoir entraînée là-dedans !*

— *Ne t'inquiète pas pour moi, murmure-t-elle en se blottissant contre lui.*

— *Tu me vois descendre un type qui ne m'a rien fait, et sans même connaître son visage ? l'interroge-t-il après un court silence.* »

L'avaleur d'ombres approuve de la tête.

— Pour moi aussi ce sera difficile, marmonne-t-il.

Camille réagit avec vivacité :

— Ça, c'est ce que le livre veut que tu fasses, mais c'est toi le héros. Si tu le décides, tu peux écrire l'histoire autrement. Le livre lui-même te l'a dit : c'est *ton* aventure. Lui, il ne te donne que des informations sur ce qui se passe et éventuellement sur ce qui peut arriver. Mais si tu voulais, tu pourrais pousser le cri de Tarzan, là, tout de suite, ameuter le quartier, faire venir la police et changer complètement le cours du jeu. Tu le peux, Alex ! Et tu dois le faire ! C'est aussi pour ça que je suis là. Il y a longtemps que j'ai compris comment il fonctionne, ce bouquin, et je suis sûre que tout pourrait se régler rapidement si tu agissais autrement. Il faudrait juste que tu prennes les bonnes décisions.

— OK, alors c'est quoi, la bonne décision ?

— Ce n'est pas à moi de te le dire.

— Si tu étais à ma place, tu ferais quoi ?

Camille marque une hésitation avant de livrer le fond de sa pensée :

— Déjà, l'autre jour, si j'avais été toi, finit-elle par déclarer, je ne serais pas entrée dans cette librairie, et même si j'y étais entrée, je n'y serais pas restée. Et admettons que j'aie acheté un livre comme le tien, j'aurais préféré le jeter à la poubelle plutôt que de quitter mon lit pour aller courir les cimetières. Voilà ce que j'aurais fait et on n'en serait pas là. C'est tout. Qu'est-ce que tu veux que je te dise de plus ?

— Ce que tu ferais, là, maintenant, à ma place.

L'avaleur d'ombres émet un soupir d'agacement. Cela fait plus de dix secondes que la page suivante reste collée… C'est intenable, en plein suspense. Enfin, le feuillet s'ouvre.
— Ah, quand même !

« *Camille garde le silence, non pas qu'elle ne sache pas quoi répondre, mais parce qu'elle doute d'elle-même. Elle ne veut pas intervenir dans le destin de son ami, car elle a trop peur de se tromper. Pourtant, elle finit par suggérer :*
— *Pour commencer, je jetterais ce livre au feu…*
— *Hein ? s'exclame Alex. Non, c'est… c'est pas ça qu'il faut faire. Tu te trompes.*
— *Tu m'as posé une question, je te réponds.*
— *Écoute, Camille, tu as peut-être raison, sûrement même, mais moi je pense qu'on a beaucoup moins à perdre en continuant et en essayant de se rendre maître du jeu. En me laissant embarquer dans cette histoire, c'est comme si j'avais lâché un monstre dans la nature. Ce n'est pas en fermant la porte à clé que le problème disparaîtra.*

(Il consulte sa montre.) Il est presque minuit! Faut qu'on se décide, Camille.

— Mais c'est déjà décidé, Alex. On y va, on y court même. Alors, qu'est-ce qu'il dit, ton book killer *?*

Alex ajuste sa lampe frontale, l'allume, puis s'empare de son livre à couverture argent. Camille se glisse entre ses bras pour lire avec lui les "bons" conseils du diable.

> *"La maison où s'est réfugié l'avaleur d'ombres se dresse au bout de cette allée. Nous vous déconseillons fortement d'utiliser une lampe pour éclairer vos pas, car le tueur ne mettrait pas longtemps à vous repérer. De même vous faudra-t-il montrer une extrême discrétion. Pareils à des fantômes, vous avancerez en silence et lentement, maîtrisant chacun de vos gestes. Faites attention aux obstacles qui jalonneront votre progression. Plus vous approcherez de la maison, plus grand sera le danger. Lorsque vous aurez atteint la cour herbeuse, prenez un moment pour observer la villa. En la contournant par la droite, vous trouverez à l'arrière une petite porte qui donne dans une cuisine. C'est par là que vous entrerez. Dès lors, prenez votre arme, cherchez votre cible et descendez-la!*
>
> *Si vous avez des difficultés pour continuer votre mission, rendez-vous page 100." »*

L'avaleur d'ombres se redresse dans son fauteuil comme s'il avait reçu une décharge électrique.

— Quelle arme ? s'écrie-t-il.

Au même instant, devant la grille du domaine, Camille est prise d'une inquiétude similaire.

— Alex, de quelle arme parle-t-il ?

— Rien. Allons-y.

Sans attendre la réponse, l'adolescent pousse l'un des battants de la grille. Il s'enfonce de quelques mètres dans le parc, se retourne. Camille n'a pas bougé.

— Attends-moi là. Si je ne suis pas revenu dans une heure, tu…

— Idiot ! lance la jeune fille avant d'entrer à son tour.

Elle s'empare de la main du garçon et la serre de toutes ses forces.

— À partir de maintenant, murmure Alex, interdiction de parler. D'accord ?

Camille acquiesce. Malgré l'obscurité, son visage clair et sa doudoune rose apparaissent comme deux taches pâles. « Aussi discrète qu'une panthère rose dans la jungle ! » pense Alex. Les premiers cinquante mètres ne leur posent aucun problème. L'allée est recouverte de feuilles mortes qui bruissent sous leurs semelles, mais ils discernent encore leurs pieds. C'est après que tout se complique.

L'obscurité devient si profonde qu'ils pourraient quitter l'allée sans même s'en rendre compte. Celle-ci est jonchée de branches mortes, hérissée de mauvaises herbes, truffée de nids-de-poule… Tout à coup, Camille entend le bruit sourd d'une chute et, brutalement, la main de son ami lui échappe.

— Alex, qu'est-ce qui t'arrive ?

— Rien, ça va. Je me suis entravé dans des racines. Mais… Ouch ! Ça m'a pas arrangé la cheville.

— Tu veux qu'on fasse demi-tour ?

— Non.

— Alex, c'est pas normal qu'on ne soit pas déjà arrivés à la villa. Je suis sûre qu'on s'est perdus, redoute Camille quelques mètres plus loin.

Ils s'arrêtent. Seul leur souffle légèrement haletant est audible. Alex tâte le sol du pied, repère un creux de terrain…

— Non, on est toujours dans l'allée, conclut-il. Continuons.

— Attends, j'ai entendu quelque chose, l'avertit la jeune fille.

Souffle bloqué, ils se concentrent sur les bruits de la nuit. En effet, au loin, il leur semble entendre des bruissements de feuilles, mais ils sont si ténus qu'il pourrait tout aussi bien s'agir du vent dans les feuillages que d'un lutin en goguette.

— C'est sûrement un animal, un daim ou un chevreuil, suggère Alex pour rassurer Camille.

— Moui, approuve-t-elle, peu convaincue. Allez, on repart.

Finalement, après avoir suivi tant bien que mal les courbes de l'allée, ils aperçoivent au loin des trouées de lumière blafarde, comme à l'approche d'une clairière. Alex serre un peu plus fort la main de Camille pour lui faire comprendre qu'ils viennent sans doute de passer avec succès la première épreuve. Effectivement, ils atteignent bientôt l'étendue herbeuse entourant une bâtisse massive à deux étages, aux volets clos. L'entrée est protégée par un large auvent qui plonge la porte dans une ombre épaisse, la faisant ressembler à une bouche de ténèbres. Les deux intrus s'accroupissent pour observer la villa.

— Regarde cette fenêtre au rez-de-chaussée, on dirait qu'il y a de la lumière, murmure Alex en la désignant de l'index.

— Oui, tu as raison. Ça voudrait dire qu'il est là.

— J'ai une de ces trouilles, avoue le garçon.

— Et moi ! Je me demande comment je réussis à ne pas m'enfuir en hurlant.

Alex n'a qu'une envie, lui aussi, déguerpir et retourner se coucher. Mais une autre, plus puissante, le retient : continuer d'être un héros. Et puis il y a le poids du pistolet, dans son sac à dos, qui le rassure. Il est convaincu qu'il saura s'en servir le moment venu, mais pas pour tuer, juste pour menacer ou, peut-être, s'il n'a pas le choix, pour blesser. Il tirera dans les jambes, et encore, uniquement s'il a la certitude d'être en danger de mort.

— Camille, dit-il, lorsque nous serons dans la maison, si jamais il se passe quelque chose... quelque chose de grave, promets-moi de te sauver.

La réponse est instantanée.

— Non.

— Je veux que tu me le promettes, sinon, on reste là.

— D'accord. Je préfère ça.

Alex hausse les épaules et songe qu'il aurait mieux fait de se taire.

— On y va ? se décide-t-il à demander.

— C'est toi le héros.

De son côté, l'avaleur d'ombres apprend dans son livre qu'il doit se préparer à l'intrusion, mais ne « traiter » celle-ci qu'à l'étage. Là, il devra « attendre qu'on vienne à lui ».

— Pourquoi ? interroge-t-il à voix haute.

Le livre refuse de lui en apprendre davantage en restant « feuilles cousues ». À regret mais docile, l'assassin sort dans le couloir puis prend l'escalier de service.

Dos courbé et sans se lâcher la main, Camille et Alex courent jusqu'à la maison, qu'ils contournent en rasant le mur. Comme annoncé, ils trouvent une petite porte vitrée à l'arrière. Ils jettent un regard à l'intérieur. La cuisine est éclairée d'une simple bougie plantée dans un verre, lui-même posé au centre d'une grande table. Les deux adolescents échangent un regard et une même pensée : ils sont attendus.

— Qu'est-ce qu'on fait ? chuchote Alex.

— On frappe et on attend qu'on vienne nous ouvrir, répond Camille.

Alex esquisse un sourire en coin. Il reporte son attention sur la cuisine. La peur lui noue l'estomac ; il a les jambes en coton et la bouche sèche. Bref, il est incapable de franchir ce seuil. C'est Camille qui l'oblige à réagir.

— Alors ?

— Heu… Oui. On va y aller.

Il pose son sac à dos pour s'emparer du revolver de la psychologue. Effrayée, Camille esquisse un mouvement de recul, une main plaquée sur la bouche.

— Oh, non, Alex, je t'en supplie, range ça.

— Sûrement pas. J'ai pas envie d'entrer là-dedans sans défense.

— Tu ne sais pas t'en servir !

— Mais si…

— Alex, j'ai trop peur, je ne pourrai pas aller plus loin.

— Écoute, Camille, c'est vraiment pas le moment de se chamailler. Si tu veux, attends-moi là, ou plutôt, non, cache-toi… derrière ces rosiers. Je te jure que je vais revenir dans quelques minutes.

— Je ne pourrai pas rester toute seule non plus.

Alex prend une profonde inspiration.

— Alors on fait quoi ?

— On va se coucher ?

À bout d'arguments, Alex s'assoit sur le perron de pierre de la petite porte. Il lui vient soudain une idée. Son livre lui a suggéré d'aller voir page 100 en cas de difficultés dans sa mission. Aussi s'empresse-t-il de le sortir pour découvrir ce qu'il en est. La réponse est écrite en très gros caractères, sans doute pour être plus lisible dans la pénombre :

« *Ne bougez pas avant que la page 65 ne vous soit accessible, d'ici deux ou trois minutes, c'est très important. Il sera alors urgent de vous décider, car ensuite l'avaleur d'ombres risque de ne plus être en mesure de vous recevoir.* »

Alex prend Camille par l'épaule et la serre contre lui.

— On doit attendre quelques minutes, murmure-t-il.

Assis sur un lit, dans une chambre éclairée par une bougie, l'avaleur d'ombres n'y tient plus ; il ouvre son livre à la page 59 et lit : « *Tenez-vous prêt. L'ennemi vient à vous.* » Un léger bruit au rez-de-chaussée le met en alerte. Quelqu'un vient d'ouvrir la porte d'entrée. L'assassin s'empare de son kriss. Il sait où il va surprendre l'intrus.

Une ombre glisse dans le hall…

Alex et Camille viennent de recevoir le feu vert du livre. Le garçon se lève, se retourne et pousse la petite porte, qui s'ouvre sans bruit. Ils traversent la cuisine, puis s'engagent dans un long couloir. Alex ouvre la marche. Le pistolet pèse lourd au bout de son bras, il l'abaisse. Son cœur bat si fort qu'il entend le sang cogner à ses tempes. La lumière vacillante d'une bougie filtre d'une double-porte un peu plus loin sur la droite. Alex songe que le tueur ne se doute peut-être de rien… À moins qu'il ne soit déjà parti, mais il n'y croit pas. Si l'ennemi possède comme lui un livre maléfique, il sera à coup sûr informé de cette visite nocturne. L'adolescent imagine son adversaire, à l'affût dans un recoin sombre, le guettant, telle une araignée tapie dans sa toile. Il chasse ces pensées pour se concentrer sur sa progression.

Parvenu à la double-porte, Alex jette un furtif regard dans la pièce. C'est un vaste salon meublé de quelques vieux fauteuils et d'un canapé coudé. Un bougeoir posé sur une table basse éclaire les lieux. Il se retourne pour indiquer d'un geste à Camille qu'il va entrer, mais souhaite qu'elle l'attende dans le couloir. Elle y consent sans discuter.

Il passe la porte du salon. Le parquet grince sous ses pas. Alex repère, au fond de la grande salle, une seconde porte donnant sur une pièce obscure. Si le tueur est là, l'avantage est de son côté, se dit-il en considérant son ombre qui s'allonge devant lui et le dénonce. De son côté,

Camille est prise d'une brusque poussée d'adrénaline. Quelqu'un vient d'entrer dans la cuisine, elle en est certaine. Saisie de peur, elle se précipite pour rejoindre son ami.

— Alex, il arrive ! annonce-t-elle en s'efforçant malgré son émotion de parler tout bas.

— Viens, répond-il en l'entraînant dans l'autre pièce.

Durant quelques minutes, ils ne perçoivent que leur propre respiration et, leur semble-t-il, le battement de leur cœur. Puis ils entendent grincer le parquet de la première pièce, de manière ténue, comme si le tueur avançait avec la souplesse d'un félin en chasse. Alex se prépare à l'attaque, dos plaqué au mur. Camille, mains sur la bouche, suffoque d'effroi. Le visiteur s'arrête quelques secondes, puis avance de nouveau. Il se dirige vers la seconde porte, cela ne fait aucun doute. La sueur coule sur les tempes d'Alex, jusque dans son cou. Ses doigts se crispent sur son pistolet. Il essaie d'anticiper mentalement son attaque. Il pourrait bondir dans l'encadrement et crier « haut les mains ! » en brandissant son arme. Mais l'instant suivant, l'avaleur d'ombres l'aura descendu. Non, il faut qu'il le coince lorsque celui-ci aura franchi le seuil… Et s'il n'entre pas ?

Son estomac se tord comme un torchon entre les mains d'une lavandière en voyant glisser sur le sol l'ombre du tueur... qui tient une arme ! Alex est près de vomir de trouille. L'homme approche, dans moins de deux secondes il sera à sa portée. Un faisceau lumineux transperce tout à coup l'obscurité. Alex se jette sur la silhouette, la saisit par le col et crie :

— Haut les mains !

En se débattant, l'ennemi perd l'équilibre et entraîne son agresseur dans sa chute. Alex laisse échapper son pistolet ! Tant pis, il le tuera à mains nues ! Il réussit à le saisir à la gorge et serre, serre...

— Alex ! Arrête ! Arrête ! s'écrie Camille en le tirant en arrière.

19

Mauvaises surprises

Alex n'en croit pas ses yeux.

— Benjamin ? Mais… qu'est-ce que tu fiches là ?

Assis sur le sol et se massant la gorge, le pauvre garçon a bien du mal à répondre. Camille éclaire les deux garçons avec la lampe de poche de Benjamin.

— Tu te rends compte, Alex, dit-elle, c'est ton copain que ce bouquin voulait te faire assassiner.

— Non, c'est pas lui. Le type de la cathédrale était un adulte…

— Je ne te parle pas du tueur de la cathédrale, le coupe-t-elle sèchement, je te parle de la « cible ». Le livre voulait que tu la descendes sans réfléchir, pour que tu deviennes un criminel. C'est dingue de se faire manipuler à ce point !

— Oui, et alors ? On le sait depuis le début. Mais il n'a pas réussi, et c'est tout ce qui compte. Ça va, Benjamin ?

— Je survivrai, répond le garçon, qui retrouve son regard malicieux.

— Maintenant, tu pourrais nous expliquer ce que tu es venu chercher dans cette baraque ? l'interroge Alex.

— Et vous ?

— Tu as acheté un livre à la librairie du Styx ? demande Camille.

— Ben…

— Un livre à couverture argent, précise Alex.

— Mouais, finit par avouer Benjamin.

— Comment a-t-il réussi à te sortir de ton lit ? demande encore Alex.

— Il paraît qu'il y a un trésor ici.

— Un trésor de Chamallows, enchaîne Camille.

— Non, en louis d'or. L'ancien proprio a caché son magot quelque part là-dedans. Enfin, c'est ce que prétend mon livre… En fait, c'est comme un jeu de piste. J'ai résolu trois énigmes avant d'arriver là. Vous allez penser que je suis dingue, mais ce bouquin est vraiment spécial. C'est comme s'il était… Je sais pas comment vous dire…

— Vivant, l'aide son copain.

— On peut dire ça, oui. Des fois, certaines pages restent collées jusqu'à ce que je réussisse une épreuve. Je vous jure que c'est vrai. C'est délirant, non ?

— Complètement, approuve Alex en l'aidant à se remettre sur pied.

— Et vous ? Vous cherchez aussi le trésor ?

— Par vraiment, répond Camille. Alex est venu tuer un serial killer.

— Ah ? fait Benjamin qui avale sa salive. Et… c'est ici que ça doit se passer ?

— Il paraît, fait Alex.

Benjamin semble tout à coup pressé de partir.

— Bon, je crois que je vais aller me coucher. Vous faites quoi, vous ?

— La même chose, répond Alex en adressant un regard à son amie. J'ai eu ma dose pour aujourd'hui…

Il est interrompu par un choc sourd provenant du premier étage.

— Qu'est-ce que c'était ? s'angoisse Benjamin.

— Éteins la lampe, Camille, vite ! ordonne Alex.

Une série de coups puis d'éclats de voix déchirent le silence, comme si l'on se battait quelque part au-dessus d'eux. Un cri de douleur fuse.

— Restez ici, je vais voir, annonce Alex en ramassant son pistolet.

— Non, on t'accompagne, dit Camille d'un ton sans réplique.

— OK, mais motus.

Tandis qu'ils traversent le salon, une voix masculine s'élève : « Laissez-moi ! Pitié, ne me tuez pas ! » Peu après, les adolescents entendent encore un bruit de chute, puis des pas précipités. Alex risque un regard dans le couloir. Au fond, du côté du hall d'entrée, il voit une silhouette dévaler un escalier de service. L'individu s'étale, se relève en prenant appui contre un mur, puis s'éloigne en titubant vers la sortie. Alex s'interroge en baissant les yeux sur son arme ; peut-être le moment est-il venu d'affronter l'avaleur d'ombres ? La porte d'entrée s'ouvre ; le fuyard, sans doute blessé, se découpe brièvement en ombre chinoise dans l'encadrement.

— On y va ! lance Alex.

Il entraîne ses amis à l'opposé, vers la cuisine. Une fois dehors, il leur explique son plan :

— On va faire le tour de la maison, pour voir si on peut aider cet homme. Et si l'avaleur d'ombres pointe son nez, je le dégomme.

— C'est qui, cet avaleur ? s'enquiert Benjamin.

— Un goinfre comme toi, mais pas de Chamallows, répond Alex. Suivez-moi, et sans bruit !

Ayant pris position à l'angle de la façade, tel le chef d'un commando des Forces spéciales, Alex évalue la situation. Le fuyard n'a pas eu l'énergie d'aller très loin ; il gît sur le ventre, au milieu de la cour. Alex s'apprête à s'élancer à son secours, mais Camille le retient par un bras :

— Attends. Et si c'était une ruse ?

— Eh bien, on sera piégés. Allons-y !

Ils se dirigent vers l'inconnu. Celui-ci agonise, mais paraît conscient.

— On va vous aider, monsieur, dit Alex.

— Qui… qui êtes-vous ? demande l'homme.

— On vous dira ça plus tard, répond Alex en glissant son pistolet sous sa ceinture. On va vous porter.

— On n'y arrivera jamais, il est trop lourd, objecte Benjamin.

— Essayons quand même. Fais comme moi.

Alex saisit le blessé sous l'aisselle droite et aperçoit brièvement un objet luisant qui dépasse de sa poche de blouson, un livre à couverture argent ; « évidemment ! » pense le garçon. Donnant toute leur énergie, les collégiens parviennent à le soulever. Malgré sa faiblesse, l'homme s'efforce de ne pas peser de tout son poids sur les épaules de ses deux jeunes sauveurs. La charge est quand même trop lourde du côté de Benjamin qui souffle comme une locomotive. Camille fait de son mieux pour les aider, mais il devient clair qu'ils n'iront pas loin. Ils finissent par reposer doucement le blessé, qui perd alors connaissance. Avertie par son instinct, la jeune fille se retourne. Sur le perron de la villa se découpe une silhouette humaine.

— Alex, l'avaleur d'ombres ! s'écrie-t-elle.

Un personnage se tient sous l'auvent, figé dans une inquiétante posture, la tête dans les épaules, les bras ballants. Il est légèrement chancelant, ce qui intrigue Camille. Alex tire son arme de sa ceinture, plante un genou en terre et annonce :

— Je vais tenter de l'avoir.

— Qu'est-ce que tu veux dire ? s'inquiète Camille.

— Que je vais lui tirer dessus, mais dans les jambes.

Tu es dingue ! À cette distance, tu n'as aucune chance.

— Pas sûr. Préparez-vous à courir, pour le cas où je le raterais.

Benjamin recule, effrayé.

— Bon, ben, moi, je rentre. J'ai rien vu... Salut !

Il fait volte-face et disparaît dans la nuit.

— Mais... Il nous laisse tomber ! s'exclame Camille.

— On s'en fiche, c'est mieux comme ça, dit Alex qui ajuste la silhouette dans sa ligne de mire.

Il n'a jamais tiré au pistolet, mais ne doute pas d'atteindre sa cible.

— Ne fais pas ça, Alex, je t'en prie, le supplie Camille.

— Tu me déconcentres.

Le coup part sans qu'Alex ait eu l'impression d'avoir pressé la détente.

— Eh, c'est sensible, cet engin ! maugrée-t-il.

La cible s'effondre sous l'auvent. Pris d'un épouvantable doute, l'adolescent abaisse son arme.

— Bravo, Alex, tu l'as eu. En plein dans le mille, le félicite ironiquement Camille.

Elle allume la lampe de Benjamin et dirige le faisceau sur la victime. Alex est alors pris d'un pressentiment très désagréable. Le disque lumineux ne permet encore de distinguer qu'une tache grise dans l'obscurité.

Les deux amis approchent avec prudence, comme s'ils craignaient le sursaut d'une bête fauve blessée à mort. Alex blêmit.

— Camille, on le connaît. C'est… c'est… bredouille-t-il.

— Oh, c'est pas vrai !

20

L'Élu

Les deux adolescents unissent leurs efforts pour retourner le corps.

— Nico ! C'est moi, Alex ! Oh, Nico, réponds-moi !

Horrifié, il se tourne vers sa copine.

— Camille, j'ai tué Nico !

La jeune fille plaque une oreille sur la poitrine de la victime.

— Non. Son cœur bat.

À la lumière de la lampe, elle examine le corps. Une grande tache de sang macule son ventre.

— C'est pas vrai, quel cauchemar ! Dis-moi que je vais me réveiller, bredouille Alex.

— On a assez perdu de temps, Alex. Allons chercher du secours, l'interrompt Camille.

Elle se redresse et pousse un cri de frayeur.

Un homme se tient sous l'auvent, il les fixe d'un drôle d'air. C'est le fuyard qui, deux minutes plus tôt, agonisait le nez dans l'herbe. Alex, qui a posé son arme sur le sol, esquisse le geste de la reprendre. L'individu est plus rapide : d'un coup de pied, il expédie le pistolet hors de sa portée. Un poignard à longue lame ondulée apparaît dans sa main droite. Alex déglutit.

— C'est vous, l'avaleur d'ombres ? articule-t-il.

— Oui.

Le tueur ne paraît pas très à l'aise. Sa voix est hésitante, ses mains tremblent.

— Qu'est-ce que vous allez faire ? demande le garçon en reculant.

— Avaler vos ombres, répond l'inconnu, presque à regret.

— Pourquoi ? On ne vous a rien fait !

— Je sais, mais c'est écrit. Et je ne fais qu'accomplir ce qui est écrit.

— C'est Natas qui vous envoie, c'est ça ? l'interroge Alex.

— Le libraire ? Oh non. C'est LUI.

— Lui ?

— IL m'a parlé dans le livre argenté. IL m'a dit que j'étais l'Élu. Vous, vous êtes les ennemis de l'Élu, même si vous n'êtes que des gosses. IL vous a envoyés à moi comme une épreuve, pour m'aguerrir. Parce que je suis… enfin, je manque un peu de cran, explique-t-il avec une déconcertante sincérité.

Effarés, les adolescents échangent un regard. Ils n'ont pas affaire à un méchant, mais pire, à un malade mental. Et le voici qui se met à rire, comme si une idée saugrenue venait de lui traverser l'esprit. Il retrouve soudain son sérieux pour déclarer :

— J'ai réussi à vous tromper. Je suis prêt à accomplir ma mission.

Il avance vers Alex.

— Attendez ! s'écrie celui-ci en reculant d'un pas. C'est quoi, votre mission ?

L'homme marque une hésitation.

— Pourquoi je te répondrais ? Dans deux secondes, tu seras mort.

— Parce que, moi aussi, j'ai une mission.

— Hein ? Non, c'est moi, l'Élu…

— Écoutez-le, monsieur. Il dit vrai ! s'exclame Camille.

— Bon. Je t'écoute.

— Aider l'Élu ! lance Alex, soudain inspiré. Mais mon livre ne m'a pas précisé ce que je devais faire, enfin je veux dire nous, moi et Camille.

171

Il nous a simplement révélé qu'on vous trouverait ici et qu'on devrait réussir à vous convaincre de nous prendre à votre service.

— Pourquoi ne m'en a-t-IL pas parlé ? questionne l'avaleur d'ombres.

— Peut-être que c'est moi qui devais le faire, suggère Alex. Réfléchissez. Si vous aviez su que nous allions venir, il n'y aurait pas eu d'épreuve. Or il en fallait une comme celle-là pour vous prouver ce qu'on est capables de faire.

Troublé, l'avaleur d'ombres se tait.

— C'est quoi, votre mission, au juste ? enchaîne Camille.

— Punir, répond l'homme.

— Punir qui ?

— L'humanité.

S'il s'agissait d'un film, Alex et Camille auraient sûrement ri ! Mais, en cet instant, cela ne leur vient même pas à l'esprit.

— Bon. Très bien, fait Alex dont la voix commence à trahir la peur. Qu'est-ce que je dois faire… maître ?

— Arrêter de te moquer de moi. L'Élu n'a pas besoin d'un gamin pour le seconder, encore moins d'une fille…

— Mais, monsieur, je vous jure que c'est écrit dans mon livre ! s'écrie Alex. Laissez-moi vous le montrer. Après, vous ferez ce que vous voudrez. D'accord ?

L'homme réfléchit brièvement, puis acquiesce d'un mouvement de tête. Le garçon ôte son sac à dos, sort le livre.

— Vous allez voir, ça va vous surprendre.

Hélas ! Sa ruse ne fonctionne pas comme il l'aurait espéré. Le livre reste scellé, même la couverture est impossible à soulever.

— Alors ? s'impatiente l'avaleur d'ombres.

En réponse, Alex lui lance l'ouvrage à la face, s'empare de la main de Camille et entraîne celle-ci dans la maison. L'avaleur d'ombres hurle qu'il est inutile de fuir, qu'ils ne peuvent échapper à l'Élu. Les adolescents s'enfoncent dans la demeure, traversent la cuisine et se retrouvent de nouveau dehors. La cheville d'Alex le fait souffrir au point qu'il est obligé de courir à cloche-pied.

— Sous les arbres, il faut aller sous les arbres, articule-t-il en grimaçant.

C'est effectivement leur seule chance d'échapper aux griffes du tueur, du moins tant qu'il fera nuit.

— J'ai mal. Camille, c'est atroce ! se plaint le garçon en se tenant la cuisse.

— On y est presque. Tiens le coup, je t'en supplie, Alex, tiens jusqu'aux arbres !

À cet instant, le jeune héros trébuche et s'étale dans l'herbe en laissant échapper un cri de douleur. Tout en l'aidant à se relever, Camille regarde en arrière. L'avaleur d'ombres est à leurs trousses. Il approche, sans hâte, sûr de lui.

— Va-t'en, Camille, supplie Alex.

— Non !

— S'il te plaît ! Va chercher du secours. Nico, pense à Nico. Il peut encore être sauvé.

— Tu t'es tordu la cheville ! lance le tueur. Je suis au courant. Je suis au courant de tout ! IL m'a tout révélé. C'est LUI qui l'a voulu… Pas moi, pas moi.

Camille, en larmes, embrasse Alex et s'enfuit vers la frange d'arbres. Elle est happée par les ténèbres à l'instant où l'avaleur d'ombres rejoint son ami.

— Alex ! crie-t-elle de loin. Alex, je t'aime !

— Inutile de fuir, mademoiselle ! répond l'avaleur d'ombres. Je sais où vous trouver. Et j'avalerai aussi votre âme, parce que c'est écrit !

Alex tâte le terrain autour de lui, à la recherche d'une pierre, d'une branche, de n'importe quoi pour se défendre, mais ses doigts ne se referment que sur l'herbe humide et glacée. Le tueur se plante devant lui.

— Non, s'il vous plaît, monsieur, ne me tuez pas. Je ne veux pas mourir.

— Je sais, je sais ! Ton copain non plus ne voulait pas et moi pas plus, mais je devais le faire. IL me l'a ordonné !

Alex éclate en sanglots, recroquevillé sur lui-même. Le tueur le saisit par le col et dit, tout en le soulevant avec ménagement :

— Allez, courage, mon garçon. Je te promets que tu ne vas pas souffrir.

— Qu'est-ce que vous allez me faire ? bredouille Alex.

— Avaler ton ombre, mais pas ici. IL m'a dit que ça devait obligatoirement se passer dans la maison.

— Pourquoi ?

— Je ne sais pas. L'Élu ne doit pas chercher à LE comprendre. L'Élu doit obéir.

Alex reprend tout à coup espoir. Cela signifie quelque chose... Puisque le cauchemar qu'il est en train de vivre se déroule comme un roman, il doit être construit comme tel. En effet, il y a eu la mise en place de l'intrigue, la montée en tension, les premières révélations... Il va y avoir le coup de théâtre, forcément ! Et il va s'en sortir, c'est sûr !

21

N'avez-vous rien négligé ?

L'avaleur d'ombres aide Alex à se traîner jusque dans le salon de la villa, puis il le laisse s'étendre sur le canapé coudé.

— Ne bouge pas, ordonne-t-il.

Il s'installe face à lui, dans un fauteuil, et tire de la poche droite de sa veste en cuir un livre à couverture argent. Sans cesser de pointer son arme sur l'adolescent, il tourne les pages et se met à lire. Alex l'observe avec anxiété, essayant de deviner à l'expression de son visage la teneur du message qu'il est en train de découvrir. Apparemment, cela le contrarie.

N'y tenant plus, le garçon s'enhardit :

— Qu'est-ce qu'IL vous raconte ?

— Je ne comprends pas. Il me demande si je n'ai rien négligé.

L'Élu dévisage son otage, sourcils froncés.

— Monsieur, est-ce que je peux vous dire quelque chose ? demande Alex.

— Non, laisse-moi réfléchir… S'il te plaît.

— Ça ne fait rien, je vous le dirai quand même ! Nous sommes des pions, vous, moi, mes copains de classe et tous ceux qui ont acheté un de ces bouquins à la librairie du Styx. Ils fonctionnent comme des jeux de rôle, mais pour piéger leur lecteur. Et le maître du jeu, poursuit Alex avec ferveur, c'est Natas, ou Satan, des fois que ça vous aurait échappé. Vous voyez le problème ? (L'Élu n'a pas l'air de voir du tout. Il reste immobile, la mine soucieuse.) Mon livre m'a fait croire que quelqu'un voulait tuer quelqu'un d'autre. Il m'a expliqué où ça devait se passer et comment. C'est pour ça que je suis allé à la cathédrale, l'autre soir. De son côté, la femme-flic apprenait exactement la même chose. Je le sais parce que je l'ai lu dans son propre bouquin…

Alex s'interrompt, se rendant compte que l'avaleur d'ombres ne l'écoute pas ; il feuillette avec nervosité son livre à la recherche d'une nouvelle révélation, l'orientant parfois vers la lumière orangée de la chandelle qui trône sur la table basse. Pourtant, subitement, il relève la tête et déclare :

— Je sais tout ça. Je suis au courant de tout.

— Alors, vous avez pigé ? Nous sommes tous des jouets !

— Bien sûr ! C'était le seul moyen de connaître l'Élu.

Alex reste quelques secondes sans parler, désemparé, indécis.

— J'y comprends rien, finit par avouer Alex en secouant la tête. Je ne vois pas ce que ça change pour vous, de tuer tout le monde.

— Je ne fais qu'éliminer ceux qui essaient de m'empêcher d'accomplir ma mission.

Alex se prend le visage dans les mains, secoue la tête et soupire :

— C'est dingue ! Complètement dingue !

— C'est vrai, je le reconnais. Mais…

— Je sais, vous êtes l'Élu, lâche Alex, acerbe.

— Ne te moque pas de moi ! s'énerve l'avaleur d'ombres en se levant.

Alex prend peur. Il doit agir, vite !

— Est-ce que je peux faire une prière avant que… que vous… ?

— Une prière ? Pour quoi donc ?

— Si je dois mourir, il faut bien que je LUI demande de me pardonner mes péchés.

Sans attendre son assentiment, Alex s'agenouille, puis s'approche mains jointes de la table basse. Il fixe la bougie et commence à marmonner, tête inclinée. Il s'interrompt alors :

— Vous ne faites pas comme moi ?

— Dépêche-toi ! lance l'avaleur d'ombres, agacé.

Du coin de l'œil, Alex le voit replonger dans son livre, visage fermé, se demandant visiblement ce qu'il a bien pu négliger. Soudain, Alex s'empare de la chandelle et l'éteint. Il plonge sur le côté et rampe aussi vite que possible jusqu'au canapé.

— Sale gosse ! hurle le tueur.

De rage, il donne un coup de pied dans la table basse.

— Tu m'as trahi ! Je te hais !

L'Élu se heurte aux meubles, grogne, profère menaces et insultes, puis, brusquement, le silence retombe. Durant quelques secondes, dans l'obscurité complète, on entend un frottement alternatif sur le sol. Le tueur allume un briquet et repère presque aussitôt les deux pieds qui dépassent du canapé.

— Je suis l'Élu, ce garçon est mon épreuve, murmure-t-il en s'approchant de l'adolescent, kriss levé.

Alerté par un craquement de parquet, il fait volte-face. Dans l'encadrement de la porte du salon se tient une jeune fille avec un pistolet tendu à bout de bras. Ses yeux qui reflètent la flamme du briquet semblent habités par le feu. Ses mains tremblent, mais sa détermination ne fait aucun doute. Lentement, sûr de lui, l'avaleur d'ombres avance. Camille écarquille les yeux, paralysée par la peur. Elle tire. La flamme du briquet disparaît, et dans la nuit résonne le bruit sourd de la chute d'un corps.

— Camille ? Camille, ça va ? murmure Alex.

— Oui. Je… je l'ai eu. Alex…

À tâtons, le garçon la rejoint à l'entrée du salon. Ils s'enlacent, s'embrassent, mêlent leurs larmes de soulagement et de joie.

— Nico ! s'exclame tout à coup Alex.

Se guidant au mur du couloir, ils gagnent le hall d'entrée. En sortant sous l'auvent, ils sont violemment éblouis par les faisceaux lumineux de plusieurs lampes électriques. Des cris fusent, des ordres, des appels, dans une confusion de silhouettes humaines approchant de la maison. Parmi elles, les deux adolescents distinguent celle d'un garçon rondouillard qui s'écrie :

— Les voilà ! C'est mon copain, Alex… et Camille !

22

Retour en enfer

Alex repose sa tasse de chocolat sur le bureau du commissaire Lardène.

— Je ne comprends pas. On l'a vraiment entendu tomber, affirme-t-il.

— Je suis sûre de ne pas l'avoir raté, renchérit Camille, assise à sa droite.

— Peut-être, fait le policier en réprimant un bâillement, n'empêche qu'on n'a pas trouvé la moindre trace de sang, et pour tout dire pas de trace du tout. Envolé, votre « avaleur d'ombres »… (Il émet un soupir d'agacement et de fatigue mêlés.) Vous ne croyez pas que vous poussez le bouchon un peu loin ? Et là, passé deux heures du matin, je ne suis pas d'humeur à jouer au chat et à la souris.

Camille et Alex n'osent pas se regarder, mais ils sont persuadés de partager la même idée. Satan a fait le ménage. Il ne voulait pas qu'on puisse interroger son prétendu Élu, ni lire les livres à couverture argent qui se sont eux aussi, tous, mystérieusement volatilisés.

— Vous allez me mettre en prison ? s'inquiète Alex.

— Parce que tu as tiré sur ton copain… et que tu l'as raté ? Non, mais il va bien falloir un jour ou l'autre que tu nous expliques à quoi vous jouiez, Camille, Benjamin et toi, dans cette villa qui, soit dit en passant, est une propriété privée. Si le propriétaire porte plainte, c'est devant le juge que vous devrez rendre des comptes.

L'officier de police est interrompu par le téléphone. Il décroche aussitôt.

— Allô ? Oui… (Son visage s'éclaire d'un bref sourire.) Voilà au moins une bonne nouvelle ! Merci, docteur. Bonne nuit.

Il repose le combiné et annonce :

— Nico est tiré d'affaire…

— OUAIIIIS !!! s'écrie Alex qui bondit de sa chaise pour enlacer Camille.

Le commissaire se lève. L'interrogatoire s'achève là… pour cette nuit.

— Demain, vous faites la grasse matinée, dit-il, mais à quinze heures tapantes, je veux vous voir ici, et, cette fois, pour me dire la vérité. Compris ?

Ils acquiescent tout en pensant : « La vérité, la vérité… il faudra qu'on l'invente. »

Au matin, Alex appelle Camille vers neuf heures.

— Je te réveille ?

— Moui, presque…

— J'ai quelque chose à t'avouer, mais je ne sais pas si tu vas apprécier.

— Je te vois venir, tu veux retourner chez Natas ?

— Oui. Avant d'aller à l'hôpital voir Nico et la psy.

— Pour quoi faire ? Un mort, deux blessés graves, ça ne te suffit pas ?

— Je n'y vais pas pour recommencer. Je veux vérifier quelque chose.

— Quoi ?

— Imagine qu'il y ait d'autres livres argentés à vendre, ce serait autant de nouvelles victimes. Il faut qu'on essaie d'empêcher ça.

— Comment ? En les achetant tous ?

— Je n'ai pas encore de solution, il faut d'abord que j'aille voir ce qu'il en est. Et comme maintenant tous les deux on est… je veux dire, comme on ne doit plus rien se cacher, je t'explique ce que j'ai l'intention de faire. Et puis j'aimerais bien que tu viennes avec moi.

Camille se tait quelques secondes avant de répondre :

— D'accord, Alex. Il faut qu'on reste ensemble. Passe me prendre dans une heure…

En milieu de matinée, Alex et Camille franchissent la porte de la librairie du Styx, faisant tinter les tubes du carillon. Ils n'ont pas seulement le cœur serré par l'appréhension, ils sont terrorisés. L'ambiance leur paraît plus angoissante encore que lors de leurs précédentes visites. En silence, ils se rendent devant l'étagère des *Livres dont vous êtes la victime* et constatent avec soulagement qu'elle est toujours vide.

— Et maintenant, quel est ton plan ? s'enquiert Camille.

— Vérifier qu'il n'y en a pas ailleurs. Occupe-toi de ce côté, moi je regarde toute cette partie. Et n'oublie pas les alcôves.

Après une inspection minutieuse et par bonheur infructueuse, ils se rejoignent près du comptoir, au fond de la salle voûtée.

— C'est bon, je crois qu'on peut y aller, lâche Alex.

Pourtant, ni l'un ni l'autre ne semble prêt à quitter les lieux. Quelque chose les retient, la crainte de n'avoir pas fouillé partout. Et, dans un même mouvement, ils se retournent pour fixer le rideau de velours rouge. Le seul endroit qu'ils n'ont pas visité, c'est l'arrière-boutique où, peut-on supposer, Natas entrepose son stock d'ouvrages.

— J'y vais ! annonce tout à coup Alex.

— Attends. Admettons qu'on trouve des livres maléfiques, qu'est-ce qu'on fera ?

— On les piquera et on les détruira.

— Alex, j'ai un mauvais pressentiment.

— Moi aussi, admet le garçon en se passant une main sur son estomac noué. Mais qu'est-ce qu'on peut faire d'autre ? On n'a pas le choix…

— Encore une fois… nous sommes piégés, murmure Camille.

Main dans la main pour se donner du courage, ils font le tour du comptoir. Alex écarte la lourde tenture, mais la rabat presque aussitôt.

— Qu'est-ce que tu as vu ? s'inquiète sa copine.

Livide, le garçon la regarde sans parvenir à articuler un son.

— J'en t'en prie, Alex, dis-moi !

— On est mal, très, très mal.

Camille écarte violemment le rideau et étouffe un cri d'épouvante.

23

Épilogue

L'arrière-boutique offre le spectacle hallucinant de centaines et de centaines d'ouvrages à couverture argent, alignés sur des étagères métalliques.

— Il y en a combien, à ton avis ? demande Camille en s'enfonçant dans l'immense salle.

— Deux mille, dix mille… C'est complètement délirant.

Alex en extrait un d'un rayonnage.

— Camille, regarde ! s'exclame-t-il.

Il lui montre le titre imprimé en lettres rouges au centre de la couverture : *Le livre dont elle a été la victime*. Un sous-titre figure en petits caractères : « Le roman d'Albertine Fontvieux - 1885 ». Sur le dos est reproduite cette date, avec un numéro de série.

— Si ça se trouve, notre propre histoire est rangée là, dit Alex.

Les livres étant rigoureusement classés, ils ne tardent pas à découvrir, sur la seule étagère qui ne soit pas encore complète, six volumes portant l'année 2002.

Camille tire le premier.

— Le roman d'Yvette Gagnière, lit-elle à voix haute.

— Tiens, voilà le mien ! lance Alex, comme s'il récupérait un objet cher à son cœur.

Le tintement discordant du carillon d'entrée lui fait perdre instantanément le sourire.

— C'est sûrement Natas ! s'écrie Camille, épouvantée.

— Tant pis, on fonce !

Ils retournent dans la salle voûtée. Mais ce n'est pas Natas qui vient d'entrer.

— Stop ! Ne bougez plus ! ordonne le visiteur, qui est armé d'un fusil à pompe.

Pétrifiés, les deux adolescents comprennent que leur histoire approche cette fois du mot « *fin* ». Serrés l'un contre l'autre, ils regardent l'avaleur d'ombres approcher en claudiquant, comme paralysé d'une jambe.

— Ne nous tuez pas, monsieur, le supplie Camille. Je vous en prie, essayez de comprendre…

— Je ne suis pas venu pour vous, la coupe l'ex-Élu. Partez.

Les adolescents ne bougent pas.

— Allez, fichez le camp !

Le pas d'abord hésitant, les deux amis marchent à la rencontre de l'avaleur d'ombres, qui a abaissé le canon de son arme. À la lueur jaunâtre des lampes, ils découvrent un visage exsangue, ruisselant de sueur, décomposé par la souffrance et la haine.

— Partez ! souffle-t-il avec un mouvement de la tête.

L'instant suivant, il commence à tirer tous azimuts, faisant voler les livres en miettes et s'effondrer les rayonnages avec fracas. En franchissant la porte, les adolescents l'entendent hurler :

— Tu m'as trahi ! Tu m'as fait croire que j'étais l'Élu, mais ce n'était pas moi ! Je te hais, je te hais !

24

Fin...

Deux ans après ces terribles événements, Alex retombe par hasard sur ce livre à couverture argent qu'il avait remisé au fin fond d'un placard. Camille, pour laquelle il cherchait un album de BD, est avec lui. Elle s'approche et frémit en voyant sa découverte.

— Pourquoi tu ne l'as pas brûlé ? demande-t-elle.

— Je ne sais pas. Enfin... si, un peu. Tu te souviens, j'avais eu l'impression qu'il n'était pas terminé. Ça m'avait inquiété, alors je l'avais gardé en me disant qu'un jour, peut-être, j'y lirais que j'allais y mettre le feu...

— Comme tu me l'avais juré, lui fait remarquer Camille.

— Ben… oui.

— On regarde ? C'est peut-être le moment.

« *Alex ouvrit le livre, le feuilleta lentement comme un album d'enfance retrouvé par hasard. C'est avec un pincement au cœur qu'il tourna la dernière page et lut la fin de ce roman dont il fut la victime et le héros et que, pourtant, il alla brûler avec Camille quelques heures plus tard, à l'abri d'une palissade, sur un terrain vague proche de chez lui. Au retour, leurs pas les conduisirent jusqu'à l'impasse des Martyres. Ils s'arrêtèrent un instant pour regarder un peu plus loin sur la droite la façade de la librairie du Styx, noircie par l'incendie qui l'avait dévastée, deux ans plus tôt.*

Camille se serra contre lui. Il l'embrassa puis ils s'éloignèrent, se jurant que jamais, jamais plus, ils n'entreraient dans une librairie spécialisée dans les histoires dont on peut être la victime.

Deux jours plus tard, Alex tomba sur un petit encart publicitaire dans une revue destinée aux passionnés de jeux de rôle. Elle annonçait l'ouverture prochaine à Paris d'une librairie justement spécialisée "dans les jeux de rôle hyperréalistes, les thrillers à sensations fortes et les romans policiers saignants". Son propriétaire, un certain Natas, l'avait baptisée : la librairie de l'Apocalypse.

FIN »

Alex et Camille blêmissent…

Composition : Francisco *Compo*
61290 Longny-au-Perche

Impression réalisée sur Presse Offset par

C P I
Brodard & Taupin

La Flèche (Sarthe), le 29-08-2008
N° d'impression : 47765

Dépôt légal : juillet 2004

Suite du premier tirage : septembre 2008

Imprimé en France

12, avenue d'Italie

75627 PARIS Cedex 13